上帝
旅行
社

Camino de
Santiago

城市 #
輕文學

文·圖

法拉

兩個人，

四年間，

徒步走了 700 多公里。

一條西班牙朝聖路，

一條人生路，

一間上帝旅行社，

把平行的路交錯起來。

序

世上原是太多路

填詞人／電影編劇及導演　潘 源 良

有人為了孤獨
有人為了作伴
有人為了一段終結
有人為了重新開始

擁擠 喧鬧 寂寞 追懷
清風 明月 暴雨 泥濘
腦袋中的路線不斷跳躍
未知的可能隨意推測

那是想像中的路群
形而上的夢境
腿不動
計劃無非是從沒打開過的禮物

有誰終於出發了
回來把感受告訴大家
終究也祇是傳說
就動身吧

或許走的不一樣
看到的當然也不盡相同
傷痕與驚歎 迷途或結緣
起碼用光陰汗水釀成滋味

心靈和步履從來不能分割
最終謙遜地走過人間荒漠
這樣的話
所有途程 都是 朝聖之路

序

Camino 原來是一條神奇的 *Domino*

Wieden + Kennedy 廣告創意總監 / 2006 年 Camino 步行者　楊　韻

西班牙的 *Camino de Santiago* 是一條神奇的路。每年都有無數行者走上這條已有千年歷史的朝聖路，而無論他們從哪裡來，用何種方法，走哪一條路線，心底裡總有著兩個目的地：第一個是地理上的官方的終點——聖城 *Santiago*；第二個是精神上的，自己設定的人生目標。有人為信仰而行；有人為了還一個心願；還有因為喪偶的失戀的失業的甚至為了減肥的。一百個人，就有一百個走 *Camino* 的原因，也就有了一百種走 *Camino* 的方法。

的確，大部分關於 *Camino* 的書都在教你走到終點 *Santiago* 的方法，每一站住哪裡，吃什麼，注意什麼。法拉這本書卻不一樣。她是少數走 *Camino* 不把第一個目的地放在心上的人。她甚至故意把路程拉長放慢，學龜兔賽跑裡的兔子，走一段覺得這裡風光好便住下來，吃飽睡好再起步；假期快完了還沒走完也不要緊，先飛回家下年回來再接著上次離開的地方往下走。所以她走的 *Camino* 跟大部分人的都不一樣，

斷斷續續的路程穿插著這幾年間的生活，像王家衛拍戲，看似漫無目的這裡拍一點，那裡拍一點，但多年後回頭一看把脈絡理清，把零零碎碎的片段拼接起來，主題卻清楚得很。至於她的第二個目的地是哪裡？沿途有沒有找到答案？你看下去就知道了。

Camino 的另一個神奇之處是，它不是主流的旅遊名勝，更不會在一般旅行社的行程上出現。它是一條靠口耳相傳而延續下來的路，走 *Camino* 的人總是因為神往身邊朋友走這條路的經歷而出發的。我是因為 *2006* 年在倫敦留學時聽一個愛爾蘭朋友說起而走的。走完後我隨手把自己的導遊書留了給法拉，沒想到後來啟發她也和老公一起走上了 *Camino*，更寫下了這本書。一本書引出了另一本書，一個人的足跡引出了更多人的足跡，*Camino* 就是一條這麼神奇，由無數人一個接一個鋪展出來的命運 *Domino*！

古人 ………→ 愛爾蘭朋友 ……→ 我 ……→ 法拉

這本書來到你手上又會引出怎樣的故事？你又會怎樣來走 *Camino*？有一天當你發現了，別忘了回來告訴我們。

·········>你?

獻給爸爸、媽媽、弟弟、妹妹
和一路伴我走過來的每一個人

自序

我沒有想過要把這些經歷寫成一本書，最後還是不敵劉鋆不屈不撓的
痴纏。

認識劉鋆已經是十多年前的事，那時她旅居香港，她的廣東話程度是
「識聽唔識講」，而我也不相伯仲，國語也同樣「唔鹹唔淡」。可是，
我們就有說不完的話題，我們聊生活、聊電影、聊旅行、聊小說，語
言從來不是障礙。

後來，輾轉之間，大家各忙各的，失去聯絡了好一段日子。直至 2012
年，我偶然知道她出版了《忘記書》，那一年我的生活也起了巨變。

當年誠品書店還沒有進駐香港，我拜託朋友從台北給我帶了一本。窩
在沙發上捧著小鋆的作品，沒日沒夜的看，看她和家人一點一滴地回
顧父親的往事，我就像一條生鏽水管到了臨界點，缺堤一樣的哭了很
久很久。

小鋆的書，填補了我心中的一個洞。

於是，我和小鋆又再次聯繫起來。我們說不完的話題又重新開始了，包括她辦依揚想亮出版社的理想，以及我走 Camino 的經歷。

然後，她建議我把所見所想撰寫成書，書名就叫做《上帝旅行社》好了。

我沒有能力寫旅遊指南，我甚至連地名也記不住。這些經歷我跟好友分享就好了，不用出版一本書，況且誰要看這些自言自語的牙痛文章呢。

小鋆說：「不單是書去找讀者，讀者也會去找書的。如果一本書，能夠感動到一位讀者，它就有出版的價值。」

台灣人跟香港人的思考方式果然不一樣。

「《忘記書》不是感動了你嗎？」

我被說服了。

於是開始寫，每天寫，像擠牙膏一樣，寫我遇到的，我感悟的，寫給我覺得會懂的朋友。所以，隻言片語，沒頭沒尾，也挺爽的。在此我要感激每天被我轟炸的支援隊伍：小鋆、Gayle、李青、Charlene。

但要把這些雜亂的文字編輯成書，把私人的心路歷程公開，又是另一回事。

我寫了 20 多年廣告文案，幫人家寫，就駕輕就熟；為自己執筆，可字字千斤。

有一陣子，我被一種在人前脫光光的感覺嚇呆了。我停了筆，再走到 Camino 上。天地之間，我想通了一件事，就是不要把自己想得太重要，其實自己不過是一個載體，偶爾接通了 Camino 帶來的啟迪，就順勢把它寫出來而已。

於是，我不再想太多，想寫的時候儘管寫，不想寫的時候就索性什麼也不管繼續 keep walking。

這樣又過了幾年。

感激我的好旅伴兼好老公，義務當我的私人編輯，把這些不著邊際、雜亂無章的片段重新編排，好讓讀者更容易跟隨我們的旅程。

這些文字本來就沒有一個順序，我希望任何人隨手打開其中一篇，也可以一瞥 Camino 的風光，或是路上遇到的故事。這一來，Camino 離大家也不遠了。

沒有預設，沒有行程，事情就恰如其分的發生了，這本書也誕生了，
這樣才貫徹上帝旅行社的作風。

最後，特別感謝 *Kit*，「上帝旅行社」這個概念是由她始創的。從大
學時代開始，我們四個好友「四小豬」相知相遇，路上不離不棄互相
扶持，也是上帝旅行社送給彼此的最佳禮物。

有關上帝旅行社

　…… 其實跟上帝無關。

我問老公：為什麼我們又再回到西班牙的 *Camino*？

老公說：因為 *Camino* 在西班牙呀。

吓？

攀山家 *George Mallory* 在 1924 年不是已經被問過：為什麼山長水遠要去爬那座山呢？答案是：*Because it's there.*

就像是自然的呼喚，又或上帝旅行社年度推廣，每隔一段時間，我們又回來了。

翻看機上雜誌，看到這句：*Not all who wander are lost.*

我們卡在窄窄的座位，討論該怎麼翻譯才能捕捉精髓。老公說中文裡有一個詞叫浪蕩呀。

不流離，但浪蕩。

這狀態，我喜歡。

所以一走，斷斷不能了之。

目錄

不知從哪裡開始，不知到哪裡終結，
沒有行程，也可以是最好的行程。

movement

地理上的 *Camino*

Camino de Santiago 是天主教徒往 *Santiago de Compostela* 朝聖之路的統稱，亦稱 *St. James Way*。有人喜歡 *take a long break* 走一、兩個月一口氣走完；有人，特別是歐洲人，喜歡每年回來走一段。

短短幾百公里，我和老公卻走了四年。

開始時它只是從右到左橫越整個西班牙的一道線，即使現在走完了，在我心目中依然是一道一道模模糊糊的線，就像掌心上的掌紋一樣。那些貌似可以掌管人生的線明明在你掌握之內，卻偏偏不好掌握。

在地圖上，這些紋理看上去像婉然流水，由東向西，小溪匯聚成河，河匯聚成川，再流進大海。著名的朝聖路線達十多條，包括 *Camino Francés*、 *Via de la Plata*、*Camino del Norte*、*Camino Português*、*Camino de Finisterre*、*Camino Primitivo*、*Tunnel Route*、*Camino Inglés*、*Camino Aragonés*、*Le Puy Route* 及 *Camino de Madrid*。

相傳耶穌的門徒 *St. James* 在耶路撒冷被斬首之後，遺體就葬在 *Iberian*

Peninsula，亦即今日的 *Santiago de Compostela*，所以一般朝聖者都視這裡的大教堂為朝聖路的終點。朝聖者從自己的家門出發，沿著能走的路，徒步到這個教堂，創造一條條與別不同的 *Camino*。

後來，*Camino de Santiago* 從古羅馬經商路線發展下去，一直伸展至 *Galicia* 的大西洋海岸，以 *Cape Finisterre* 為終點。拉丁文 *Finisterrae* 就是天涯海角的意思，所以也有朝聖者會從 *Santiago de Compostela* 繼續走 *Camino de Finisterre*，走到西方極處，*0 km* 的標柱，放下一切，象徵一切重新開始。

每個朝聖者好像都有他來這裡的原因。

「我來這裡重新啟動我自己。」 —— 從哥本哈根來的、乾乾淨淨、靦靦腆腆的帥哥說。

「我來走走，試試自己的體力，順道謝謝上帝。」 —— 從瑞士來的、經常笑瞇瞇的癌症復康者 *Marion* 說。

「我不想找工作，又沒有錢，走 *Camino* 又不用很花費，這已經是我第二次走了。」 —— 從捷克來的、帶著長長的 *Didgeridoo* *1、一路玩音樂籌路費的年輕人 *Jan* 說。

「我和妹妹每年都來這裡走一個星期，長大之後各有各的生活，但無論怎麼忙，我們都會抽空在這個特別的時空聚聚。」從西班牙 Lleida 駕車而來，每天跟 Eleanor 孖公仔 *2 上路的 Imma 說。

我的呢？我好像沒有單一明顯的原因。

朋友 Vivian 在倫敦唸碩士畢業後的夏天，一口氣把 Camino de Santiago 走完，回來時像個黑炭頭，眉飛色舞地跟我們說：「朝聖路你們一定會喜歡的。」之後就把那時她隨身帶著的旅遊指南留給我們，時為 2006 年。

那本書一直在封塵結網，直至一天我離開了廣告公司，想著要不要告別過了二十多年的大企業生涯。

一旦脫離了慣常走著的軌跡，你面前出現很多新路，每條都想走，每條都不敢走。走原路吧，可是你又看不見出路，另闢新徑吧，可是你一直都是矇著眼拼命向前衝，你懂什麼呀。

1　迪吉里杜管，來自澳洲北部，聽說它是世界上最古老的樂器。
　　它的聲音很原始，也很獨特，帶點魔幻的感覺。
2　兩個人經常黏在一起，像雙胞胎一樣親密。

那年我把僅餘的積蓄還了房貸，身無分文，準備重新出發，只是沒有
目的地。

「就先休息一會，看上帝旅行社有什麼安排咯！」 創作上帝旅行社
這個用詞的朋友 Kit 說。

上帝旅行社和 Camino 就這樣偶然地結合起來。

Kit 是個大事精明、小事糊塗的人，熱愛旅行，總是神龍見首不見尾。
別看她出門經驗這麼豐富，還是會出現不少驚險事件，例如帶了新護
照，卻忘了簽證仍在舊的護照上；又例如要申請新簽證，但護照居然
填得滿滿沒有兩頁空白，結果臨急臨忙要申請新護照；例如睡過頭錯
過班車；例如看錯日子早了十二小時到機場；例如不滿民宿老闆無理
對待，氣沖沖另覓容身之地等等。神奇的地方是，無論情況多棘手，
總會逢凶化吉，據她的說法是，上帝旅行社自有安排。

上帝旅行社漸漸成為船到橋頭自然直的代名詞。漸漸地，對我而言，
就是放棄一切以為可以盡在掌握這種慣性操控慾，放開懷抱，看看上
天要把我帶到哪裡去。

老公說，既然無工一身輕，不如我們去走西班牙朝聖路吧。對啊，有工
作的時候很難放長假，可是沒有工作，心裡卻又很不踏實，不敢走遠。

人，果然是無比矛盾的動物。

因緣際會，我終於和兩位工作上的老拍檔成立了自己的小公司，正式從甲級商廈退下來走進工廠區租了一個百多呎的劏房 *1 作為辦公室。工廠區人潮熙來攘往，每個人低著頭，急急忙忙，好像螞蟻一樣知道自己要往哪裡去；跟在 CBD *2 見慣那些總是仰起頭來、日理萬機的行政人員明顯不一樣。

我感受到空氣中瀰漫著的可能性，也被周遭的衝勁感染。離開大機構重操故業，似乎是在心理上安全範圍裡一條最理所當然的路，陌生卻又熟悉。這時的我，有點捲起衣袖跟它拼過的決心。

工作上有了著落，定過神來，前路既刺激又令人興奮，老公提議找兩個星期走走朝聖路同步紀念一下。四月份出發的一天，因為冰島南部的艾雅法拉火山兩次爆發，釋放出大量火山灰影響航道，我們的航班居然取——消——了，真的是哎呀法拉！

上帝旅行社究竟要跟我們耍什麼花樣？

---

1   劏，切開的意思。香港寸金尺土，房價很貴，
      所以一個 700 呎的單位可能會被切割成 6 個百多呎的單位，這樣的話，租金才比較可以負擔。
2   CBD — Central Business District，像中環，金鐘，這些傳統商業區。

這個百年難得一遇的狀況，更加深了我們對這旅程的渴望。九月份，我們重新出發。那是 2010 年的事，我們第一次走上 Camino。

我們的計劃很粗疏，略去了艱苦但景色優美的法國邊境路段，純粹因為好逸惡勞。我們飛到馬德里就坐巴士直奔 Pamplona，把那兒當作是我們的起點。第一年，走到 Burgos。

再度踏上 Camino 已經是兩年後的事。那年心癢癢，初冬再踏上征途，誰知風雨飄搖，發誓永不在這個季節再來。第三次走這條路的時候，升級裝備，有備而來，來吧！誰怕誰？第四年終於走到 Santiago de Compostela，其實哪裡是始哪裡是終已經不重要，重要的是，我好像走出了一個方向，好像。

上帝旅行社把 Camino 分了四段，讓我們走了四年，每年走兩、三星期。

2010 年 9 月 Pamplona - Burgos 213 公里
2013 年 11 月 Burgos - León 139 公里
2014 年 11 月 León - Ponferrada 125 公里
2015 年 10 月 Ponferrada - Santiago de Compostela 203 公里

我們走的是沿途支援點最多，也最受朝聖者歡迎的 Camino Francés。朝

聖路的法國線，全長超過 800 公里，起點在法國的 Saint-Jean-Pied-de-Port，終點在西班牙的 Santiago de Compostela，坊間一般會把路程分為 32 段，每段走十多公里到三十多公里不等。

可是，我們並沒有守規矩。

從法國位於 Pyrenees 山腳的 Saint-Jean-Pied-de-Port 出發的話，要先攀過一千多米的高山才到達西班牙境內的 Roncesvalles。我們就是被這座山嚇怕，走長途已經是個挑戰，先別說攀高度，於是我們就偷個懶，躲開了難度高的 65 公里，選擇在每年夏天都會舉行奔牛節的 Pamplona 出發。

朝聖者像一個公開的秘密組織，互相有識別的，除了例行的裝束：Gore-tex 外衣、爬山鞋、行山杖、大背包之外，最明顯的就是一個扇貝殼標誌。

它會出現在標柱上、地上、鄉村小屋的牆上，路上只要看到它就不會迷路。也會有朝聖者喜歡在背包上掛著手巴掌大的扇貝殼，遠古時代，它更可用作瓢砵盛裝食物飲料。這個標誌的由來眾說紛紜，我比較喜歡這個說法：扇貝殼上的坑紋最終聚於一點，象徵朝聖者從不同的路徑而來，最終相聚於 Santiago de Compostela。

殊途，同歸。沒有對的路，沒有錯的路。一個終點，同時也是一個起點。大家遇見，交流，然後各散東西，回到日常，就像放射線一樣繼續發熱發光。

朝聖者還有另外一個記認：朝聖者護照。像我們就在 *Pamplona* 第一間投宿的 *municipal albergue* 以兩歐羅 *1 購買了一本，沿途在不同住宿點或餐廳蓋章，並寫下日期，就是一個在此經過的憑證，儲齊蓋印在終點會獲頒一份證書（當然，問我需不需要證書去證實我走完我的朝聖路，就等於問我需不需要一紙婚書）。

除了看正式的標柱，我們也會像捉迷藏一樣尋找黃色的箭頭。只要跟著這些用黃色油漆油在馬路上、樹幹上、大石上、房子的牆上的箭頭走，你甚至不需要看地圖。也有人會在途中走岔路另看風景，回頭找到黃箭頭，你就可以歸隊，真令人放心。

為什麼是黃箭頭？我聽過這樣的一個傳說，說有村民為鄉村教堂的維修捐獻了不同顏色的油漆，工程完畢仍剩下不少黃色，教會人員就在四圍漆上黃箭頭指點路向方便朝聖者。黃色在天色稍暗還可以看得見，非常實用，漸漸地它就演變成了一個傳統。

隨著朝聖路的風靡，很多人已經不止走過一次，他們開始從終點往回走，於是路上零零星星出現了相反方向的藍箭頭。

在香港舉行的毅行者 *² 活動中，山嶺上奔走 100 公里的最快大會紀錄不到 12 小時，走得再慢，也得在 48 小時內完成。Camino 上的 700 公里走了四年，是我們的一個紀錄。

我們可以為快一分鐘，用上一年時間訓練；我們也會為停住一分鐘，用上一生修行。我想時間本來就是一個主觀的概念，你在折騰，度日如度年；你在享受，再長也覺短。

Camino 旅程是趟有趣的 backpackers 經驗。這裡所有人都是背包客，無關信仰、國籍、財富，身份地位，甚至無關年齡。

沿途的 albergue 有點像青年旅舍。市營的 albergue 的床位可便宜至 6 歐羅，私營的也大概 10-15 歐羅，有公用的廚房。

年青的小伙子喜歡亂七八糟煮點什麼都好，志在聚於一起吹水噴泡 *³。也有人走了四十里路要煎三磅牛排煮一個大椰菜才夠裹腹。也有優雅的法國人，在有限的資源下弄出精緻的晚餐，鋪了格仔餐巾慢慢享

---

1   歐元。

2   毅行者是樂施會一年一度的籌款活動，在香港參加者要在 48 小時之內，
     走畢 100 公里的麥理浩徑。

3   輕輕鬆鬆聊天，話題不著邊際。

用。當然也有人簡單的燒些開水泡個杯麵，聊解鄉愁。

入廚似乎是一個很好的調劑，人在路上，卻稍微有點家的感覺。

萍水相逢，吃飯的時候大多是交換實用情報的好時機，明天你打算到哪裡、中途村落有餐廳和住宿嗎？尤其是我們參加上帝旅行社的，一部手機走天涯，依賴地圖 *app* 和 *Google* 大神，其他資訊就靠吃飯時收風。

但我們也不能終日黏著年青人嘻嘻哈哈，所以也會找一些有私人房間的 *albergue*，上下舖二人間，價錢一樣，讓自己有點空間。當然也有其他 *pension* 或 *hostal* *1 的選擇，價錢也相當合理，下雨天走了一天的路，這可是獎勵而不是奢侈啊。

不在旺季來的好處就是無需擔心人滿之患，不用先訂住宿，走到哪裡住到哪裡。也有不確定的因素，因為很多住宿點可能已經關門過冬，有機會需要再走幾公里到下條村；我們走得慢，抵達時雙人房間可能客滿，那就要住大房或另找 *pension* 了。

我遇過的同途人由 12 歲到 80 歲不等，有放兩星期年假的醫生，也有儲了多年積蓄才能來走一趟的清潔工。他們多是歐洲人及美國人，來自巴西的也很多，因為讀完 *Paulo Coelho* 寫的《*The Pilgrimage*》而來的

也有不少。亞洲人大多來自日本、韓國，今次，亦是首次，我意外地在沿路的塗鴉中看到中文字：一路平安，也就是我們路上經常會說的 *Buen Camino* [2]。而且居然給我遇到兩個講廣東話的人，一個是菲律賓的華人，跟大學畢業多年、各散東西的同學在 *Camino* 上邊走邊聚舊；另一個是香港的小伙子，走了一個多月結識了一群患難之交，到車站送友伴車。也有朋友說遇過來自上海的年輕夫婦。

大家各自背著背包，各自帶著自身的故事，在同一條路上走著。有闋歌一直縈繞：

為什麼流浪　流浪遠方　流浪

一陣風一陣雨柔柔走過，參天的松樹被擊起一波又一波的松浪，可能這就是答案。

1　小旅館，民宿。

2　Good way，一路順風。

熱身

這是一場殘酷的淘汰賽，把所有行裝全背在身上，只可以是體重的十分之一，你會帶什麼？

放下，才可以載得滿滿的回來。但，說時容易做時難。

心態上一直都是背包客，但身體一早出賣了我，我早已皈依「轆轆客」*1。

走 Camino，用腳一步步走的，只能把一切背在身上。專家說，走遠路，你背著的重量最好不超過體重的十分之一。那糾結就來了。

4.5 公斤，究竟可以帶多少？

斗篷

雨腳套

背包雨套

薄羽絨外套

薄羽絨背心

Gore-tex 風衣 （最好是腋下有拉鍊通風的那款）

羽絨睡袋

手套

太陽帽子

太陽眼鏡

Smartwool 套頭

Smartwool 襪子

短袖 *T* 恤

快乾保暖內衣

運動胸圍、內褲

快乾戶外褲（有拉鍊可變短褲的那款）

瑜珈褲

短身 *Wrap* 裙子

人字拖

大圍巾

Neck warmer（也可作頭巾、帽子）

快乾運動巾（洗澡乾身用）

衛生用品：牙膏／牙刷、兩用洗髮／沐浴露、潤膚露、防曬面霜、止汗露（必須的！）、棉花棒、藥油

綁頭髮的髮圈

頭燈（在 *albergue* 夜半上廁所時用）

登山杖

200ml 輕量小暖壺／配適當份量的綠茶茶包

水壺

手機（也是我的相機）

手機充電器

旅行萬用轉接插頭

小筆記本／筆一枝

環保袋（輕身但美美的，平常小散步也可用）

矽膠摺疊碗，兩用刀叉

Gore-tex 行山鞋（穿在身上，我們暫且不算在重量裡）

說到輕裝上陣，這幾年我還是有點小經驗：

1)　　UL *(Ultra-light* 超輕概念）

原則是，一件穿著，一件替換，天天洗不多帶。所以還是會出現來不
及乾透，需要翌日掛在背包上曬晾的情況。

而且輕一分是一分。羽絨呀，*T* 恤呀，睡袋呀，因為物料的不斷改進，
每年都會出現輕了一點點的產品，非常討厭。去年就買了一個北歐品

1　　我們發明的新名詞，轆是輪子的意思，
　　現在行李箱都有輪子，誰再要背著背包去旅行？

牌的超輕大背包，然後安慰自己說，女人怎可以沒有一個名牌包包喔。

2)　　多功能

不要取笑周星馳電影裡的發明：「攞你命三千」*1*。一枝小瓶裝藥油，蚊叮蟲咬、感冒不適可用得上，值得帶；大圍巾可保暖，防風，也可披在上、下舖床邊增加一點點私隱，當然要帶。一部好的手機，沿途是我的地圖，也是我的相機，當然不能不上 *Facebook*、預訂 *Airbnb*，那些鬧鐘、電筒、驅蚊器功能就不用說了。還有是音樂播放器，說不定面對某個美景，突然之間想聽聽《教父》的主題曲。

3)　　*Mix and Match* 混搭風格

瑜珈褲神奇萬能，是我的睡褲，圍上短裙，又變成了 *legging*，洗澡後香噴噴散步去晚飯時穿，或是回到大城市，這副打扮也不至於太流浪者 *look*。圍巾和 *neck warmer* 功能上好像有點重複，但不同花色式樣，在視覺上（其實在心理上）會帶來很大的愉悅，不能取捨，都得帶上。

4)　　以防萬一

秋冬的路上天氣難測，一天四季，時雨時晴，不盡如人意。所以 *0°C* 到 *30°C* 的衣物都帶著走，防水防曬一樣不能少。有一次，在山腳下雨，到山頂就下雪了。走著不覺冷，停下來就冷得要命，趕忙把大小羽絨穿身上，*layering* 的穿法真的實用無比，熱了也可一層一層脫，微調溫度，我喜歡喔。

噢，說到這裡，上帝啊，我還是要跟你懺悔一下。

其實，睡袋是我老公幫我背的。沒算睡袋已經差不多 4 公斤了，還要背水呀、巧克力呀、野餐的食物等等，我也是迫不得已，求你原諒我，阿們。

1　港片《國產凌凌漆》，台稱為《凌凌漆大戰金鎗客》裡的一個秘密武器，
　　當中角色達聞西費一生精力，發明了集合十種殺人武器於一身——『超級武器霸王』，
　　產品編號『攞你命 3000』，是個無厘頭幽默，說穿了只是把不同有用的東西綁在一起。

Camino Francés

多條 *Camino de Santiago* 中，*Camino Francés* 最受歡迎不無道理，對於徒步旅行的初哥 *1 就更理想不過。

沿途的支援非常好，在大部分路段，大概 *4* 至 *5* 公里就有住宿的地方，餐廳更加多不勝數，不用擔心餓壞肚子。

路上的標示也非常清晰，當然現在大家都會用 *GPS* 定位看地圖，但即使什麼也不用，只看沿途的黃箭頭和扇貝殼標記，也不會迷路到哪裡。

重點是這路段從法國邊境開始一路橫跨西班牙幾個區份，四時風景變化萬千。

越過 *Pyrenees* 山峰，經過 *Navarre* 區的大小古鎮，穿過 *La Rioja* 區的葡萄田，橫越 *Castilla y León* 區一望無際的平原農田，攀上 *O Cebreiro* 的高點，再走過 *Galicia* 區的河谷山野，直至抵達終點 *Santiago de Compostela*。

夏秋之間，農田生機盎然，小麥、葡萄、紅椒、向日葵、馬鈴薯，你數得出來的都有可能沿途出現；秋冬之交，農田收成了，田間儲了一大綑一大綑的乾稻草準備過冬，大地就像被上帝之手輕撥過後一樣，留下一道又一道澀青枯黃的痕跡。

蘋果季末，葡萄冬眠，栗子豐收，此刻也正是羽衣甘藍和大椰菜甜美之時。

路途遙遠，上山下谷，夾雜更多不可預測的因素。一天可以經歷四季，驟雨中有陽光，上了山又卻下起雪來，走過平原又遇逆風，寸步難行兼避無可避。

陽光兇猛時你巴不得脫去上身僅餘的 T 恤，雨雪交集時你巴不得把後備的羊毛襪子也套在快要凍僵的鼻子上。

你會經過像 Pamplona、Burgos、León 等旅遊節目會介紹、擠滿遊客的古城；也會經過名不經傳的小鎮，碰到的小貓兩三數隻肯定都是朝聖者。

同一個小城，在早上、傍晚，跟在 siesta 午睡期間所有店鋪關門休息時，可以判若兩人，怎樣也認不出來。

你會見到歐洲中世紀經典宏偉的教堂，名信片上出現的標準華麗壁畫雕塑；也會見到樸實無華麻石興建的小教堂，由村民保育的趣緻壁畫雕像。

由大師 Gaudí 的作品，到充斥香港郊外的品味惡俗的西班牙別墅式村屋，都有。

你會走過向日葵田間的泥路、栗子樹下的小石徑、與牛牛為伍的牧場小路、參天巨樹下的無名山徑；也會走過汽車、貨車在你身邊疾走的馬路、污濁工業鎮之間的骯髒公路。

在寧靜的樹林裡，你聽見風吹葉動的聲音，也聽見內心翻騰的聲音；你會遇見人們為悼念路上離世的夥伴而設的簡單祭禮，或是一張照片、幾塊疊起的石頭、一段由衷的訃辭；你也會見到急不可耐要衝開積雪冒出頭來呼吸的小花的生命力。

你會因為上山、上山，上山而氣喘如牛，也會因為在濕滑的小石徑下山而發軟蹄 *2。

1　新手。
2　腳無力氣，發軟。

你會看著腳底的水泡而發難說：夠了，我要回家了；也會因為翌晨小鳥開朗的歌聲而繼續虔誠地上路。

你會因為終於找到一個床位，洗了個熱水澡而感激上帝走去參加晚上七時的朝聖者彌撒；也會因為不想錯過在萬重山外的壯麗日出而凌晨四時爬起床。

你可能會與所有人一起擠在濕漉漉的 *municipal albergue* *1，也可以豪他一個晚上入住有浴缸的華麗旅館。

你會乘巴士、截順風車，設法逃過烏煙瘴氣的沉悶公路；也會遇到對口胃的鄉下小地方想多住一兩天休養生息。

情況有點像在台灣環島，花東海岸線固然美好，遇到工業重鎮或滾滾沙塵的公路，你何嘗不想跳上火車一走了之快快掠過。

吃著 *chorizo* 甜紅椒炒蛋，你開始想像到了 *Logroño* 的 *tapas*；到了 *Galicia* 區，吃著 *pulpería* 墨魚小吃，喝著白酒，你又會多眼看看是否產自 *La Rioja* 區。

你背著背包穿州過省，踏足過無數無數的古橋，有知名的百年古蹟的羅馬式拱橋，也有不知名的只是緊守崗位的老石小橋。橋下風光，讓

人自不然就會駐足橋上。

看著彎彎的鐵道軌，等下一班火車衝過來，可能是高速的快車，也可能是載運牲畜的慢車。

看著結了冰的河面，想像春天時不知從哪裡游回來的鴨子的泳姿。

也可能是看著平常小城的河濱公園，上班族下了班去跑跑步，一家人帶著小狗去散散步。

除了自助徒步，你也可以參加徒步旅行團；你可以騎自行車、電單車，甚至可以騎馬；你可以獨個兒走，又或結伴同行，而這個伴侶，可以是你老公，也可以是你的狗狗或驢子。

你可能，只需要等待上帝旅行社的呼喚。

1　公營的／市立的小旅店。

典型的一天

如果你有興趣走 *Camino*，這是我們典型的一天預覽：

一般 *albergue* 要求朝聖者 8 時前離開，當然不是旺季的話，也不會太嚴謹地執行。我們一般都是賴床到最後一刻才起來梳洗，收拾細軟。

細軟可多著呢：

— 睡袋

— 充電線與轉接插頭（這是千萬不能遺漏的，因為只有較具規模的城鎮才可補給，遺漏的話，就等於有幾天沒有相機、地圖、電話，怎麼活下去？）

— 掛晾在床邊的衣物、雨具（要看當天天氣，哪些仍未乾透的，到底要繼續掛晾在背包上，還是打包在塑膠袋裡直至下一站也要來個決定）

— 流動廚房的大小家當包括煮食用具、食物如一小包米、一小片薑、

一小瓶橄欖油之類，也可能有準備野餐用的芝士、乾果、杯麵之類

— 當然還有剛剛用完的梳洗品（千萬別留在洗手間啊）

我覺得最重要的，還是掏出一雙乾淨的襪子。

宇宙，從我穿上乾淨的襪子的一刻，重新開始運轉。

然後，我需要一杯咖啡，一隻香蕉、一片多士 *1 之類。早餐份量不需要太多，咖啡要多帶一杯盛在小暖壺 *2 裡，另一個暖壺則盛滿熱水泡茶。

終於可以開步走，由慢慢熱身到走到暢順的程度就應該差不多是午飯的時候了。如果經過村落，當然到餐廳簡單解決一餐。選擇不多的好處是，你根本不需要選擇，樂得輕鬆。

有時我們會野餐，這就需要一點點功夫。之前那個晚上，需要先到超市預先準備食物。在大城裡，當然有大型超市，我們常去的有 Gadis、或 Carrefour，林林總總，要什麼有什麼；小鎮街上也有一些 supermercado，蔬果、麵包、罐頭、芝士、火腿一定有，至於肉類就要看情況，未必一定有，所以煮雞湯也要看準機會，因為這些小店雖然號稱自己為超級市場，其實只是大一點的士多 *3，頂多是多了一個小

小的冷藏櫃。

再起步走差不多一、兩點，我們需要稍微加快腳步，理想中是四、五點前抵達下一個村落投宿，還有時間洗洗衣服，在鎮上逛逛。當然，如果在旺季，四、五點可能已經有點遲，或許爭不到床位了。

香港人有著「執輸行頭慘過敗家」*4 的 DNA，有時我也會不自覺地擺出一副爭先恐後的架式，在 Camino 路上，我要學會預先投降。我們不趕進度，albergue 人滿了，我們就另找地方投宿，盡量隨遇而安。

說起來像很瀟灑，其實也有狼狽的時刻。

試想像當你跟泥濘搏鬥了一天，終於走到 albergue，卻發現人滿了，還要冒著雨繼續找地方投宿，你的一肚子氣會自動化作連環爆發的粗口。沒辦法之下唯有依照好心的 albergue 主人寫好的地址，下三個街口，轉左再轉左。

---

1   吐司。
2   暖壺就是保溫瓶。
3   商店。
4   落後於人，後果比敗家更慘痛。

下了一個街口，見到一間 *bar* 上有住宿的標記，已經急著要變節。房間不甚了了，但我們太累了，就這裡吧。

我已經把背包卸下，差不多要癱瘓在床上，老公卻發現房內 *Wi-Fi* 的強度太弱，更沒有手機訊號，可能不足以讓他工作。

看來 *Android* 手機真的沒問題，*iPhone* 卻沒辦法收到訊號。這個情況，我們在別的地方也遇到過，*Wi-Fi* 的路由器太舊，就有這個問題出現。

我不情不願地再背起背包，最終也入住了三個街口外，轉左再轉左的那間民宿，倒在床上就這樣昏迷了。

睡醒時，陽光出來了。新的一天，我們在 *cafe* 喝著咖啡吃著蛋糕曬著太陽，遲遲不願起步，依稀聽到教堂的鐘聲響了十二下。

看來，我還得承認，我們並沒有典型的一天這回事。

走吧走吧走吧

我把徒步旅行想像為一個思想的遊戲，一個內在的旅程。徒步沒有技巧可言，把一隻腳挪到另一隻腳的前方，重複把另一隻腳挪到另一隻腳的前方，它不講求速度，只看節奏，自己的節奏。

我們坐火車，幾百人用同一節奏前進，**轟隆轟隆**；可是走路，一人有一個節奏，即使結伴同行，也不可能有一模一樣的節奏。

這比較接近人類原始的設計，盤古初開，每個人都是獨一無二的，然後為了生存、為了方便管理，我們分類，我們整合，我們集體活動。

異於其他人，用自己的節奏走，是不是疏離？會不會寂寞？我一路走，一路想。

我面前是一條筆直的路，平平坦坦，一直通往不見盡頭的天邊。兩旁是枯乾了的農作物，我相信它們生前是玉米。它們長得比我高，擋住視線，叫我專心一致往前走。

從左邊遙遠的地方，沙沙的興波作浪，敲擊出習習、習、習、習*1的節奏。當風一鼓作氣，浪，就會在枯竭的枝葉間滑行，溫柔的在我身上滑過再往右邊走去，在右邊的枯葉間繼續散步。步伐聲未及遠去，左邊新一波聲浪已經湧至，在田裡的某一點相遇，引起一陣騷動再撒野前行。

風，就像樂手一樣，要看心情。起得早，還沒有回過神來，懶洋洋的，只隨意的輕輕撥弄琴弦。我是回音箱中爬著的一隻螞蟻，仰首看著琴弦的高低起伏，震撼感從腳底一直蔓延到心底。

這片田到底有多大？這一闋歌在這片田上走一回需時也不短。

風，也是個很好的燈光師。雲在風的指揮下，飄移有序，可以說是跟著音樂走。隨之而來的光影遊走於枯黃之間，或明或暗，走過大地卻了無痕跡。

螞蟻不需要地圖，牠只憑直覺走；湊巧遇上這樂曲，就以一步一步踏實的呼吸聲和應，感覺對勁，這將會是美好的一天。

1　廣東話發音，聲音似中文的「呃」。

邊走邊想

有了手機之後，我們基本上無法和世界分離。十多年前我在西藏旅行時，汽車拋錨，司機打著汽油燈走向遠處好像有一點火光的村莊求助，我們在車內點起了洋燭，四野無疆，人跡罕至，卻有網絡訊號覆蓋，那個時候我還未有 *Facebook*，但仍然可以在荒野中飛鴿傳書一樣傳封電郵給老友。

我記起以前上物理課，談及力，說力都是有方向的。如果你在物體上從四方八面施加同樣的力度，結果它只會一動也不動，所有發過的力都盡見徒勞。如果其中一股力相對大，物體就會被牽著走。如果你想逆方向走，你就需要施加雙倍的力量。資訊的力量正正如此。

有時面對資訊的轟炸，感覺有點動彈不得。大家都在關注的話題，大家都在笑的笑話，大家都在爭拗的爭拗，千軍萬馬的撲過來，真的消化不來。

就像面對失控的衣櫃，只能狠狠的翻箱倒櫃，斷、捨、離，才可重新接管領地。如果我們的腦袋是個暫借的載體，暫時清空一下，說不定

可以載入更多意料之外的事情。能夠抽身走幾天路，遠離身外事，只單純的走路，其實是蠻自在的。

每次走路回來，身軀疲憊心卻澄明，因為人累自然睡得好，睡得好自然精神好，怪不得偉大的哲學家都愛一邊走路一邊思考。

怎樣才算理想的哲人之路？

哲人之路應該是用以散步晃蕩。太闊太廣不行，會失去焦點會令人失神；梯級多、一路向上的不行，喘著氣腦部會缺氧；一路下山也不行，大腿小腿會恨死你。

最好是路寬僅夠兩人並肩而行，一人走暢快，與友同行遣樂 *1 皆宜；兩旁景致最好近有樹遠有山，無需太美，太美容易令人沉醉，樸素又不失野趣才適合沉思；無需曲折卻要帶點迂迴，叫人一路走一路滿懷期待轉角的風光；腳程最好三兩句鐘 *2 之內，這才舒服愜意。

路怕出名，像京都哲人之道，櫻雪漫天，人聲鼎沸，遊人多的是，可哲人怕一早逃光了。如果你已經找到自己的哲人之路，就繼續讓它私密吧，手機隨身，也要忍住不要打卡。

山中方一日，世上已千年的年代是否終結了？如是者，大隱，也再不

能隱於山了。

---

1   消遣娛樂。
2   三兩個小時。

Astoga
12.11.14

流動吧好風光

最近讀到荷蘭作家 *Cees Nooteboom* 的文章，大意是一些寂寂無名小地方的名字，就像一顆顆小珍珠，串起來是一條美麗的項鍊。

自從有了 *Google Map*，地球上每一個地方都有了標記名稱，所謂的無名，只是相對於馳名而已。

沿著 *Camino* 的大城，像磁石一樣牽引著絡繹不絕的遊人。這裡擠滿了馳名的景點、馳名的餐廳、馳名的紀念品。因著大城之名，世界彷彿都是圍著遊客轉。

可是，走過兩步，離開了大城不遠，一個你唸不出名字的小鎮，正以它最日常的狀態，活著。

畫像、雕塑放在教堂裡不過是生活的一部分，沒有什麼好張揚。這裡沒有博物館，藝術並不是被人供奉著，你並不需要透過玻璃罩觀賞。

餐廳沒有花巧的菜單，沒有米芝蓮 *1 的認證，老媽煮什麼你吃什麼，

家常菜就該是這個味道。

居民沒有過份的熱情，也沒有半點虛偽。他們跟著自己的生活節奏，並沒有迎合旅人的腳步，沒有特事特辦。

這裡的風景，數千年前如是，一直如是，開闊地、慷慨地讓人盡情呼吸著大地的養份。

膽敢以素顏示人，可見它有著不亢不卑的寬容，但願我的香港也有這樣的氣度。

討好人有時不比做回自己容易。

午睡的時候到了，路上空無一人，連上帝也回家午睡。風吹過尋常百姓家後園的幾株果樹，習習有聲，果然有點催眠作用。

聞啼叫幾聲，居然來自兩隻走地火雞。貓兒伸個懶腰，就鑽進屋子裡。

此刻歲月靜好，很難想像幾個世紀前這些無名小鎮也曾經歷過戰爭和災難的煎熬。

教堂旁邊的墳場，究竟躺著多少當年犧牲的生命？

教堂大門正關著。刻在拱門頂上的聖母，垂著眼，像俯視蒼生，也像是，看著自己的大鼻子。

繼續向下一個唸不出名字的小鎮進發，用腳步把一顆一顆珍珠串起來。

我們還是繼續讓禾稈蓋著珍珠吧。

1　米其林。

每個人腳下都有一條 *Camino*

雙魚座裡同時住了兩條魚，一條鯊魚，一條小丑魚。兩條魚此消彼長，一直處於不是你死就是我亡的狀態。

鯊魚汪洋馳騁，覓食能手，貌似精明，以效率、效益做事，不停游不停游，因為牠天生不能停下來。

小丑魚多愁善感，害羞怕事，喜歡躲在珊瑚礁裡雲遊。

鯊魚在腥風血雨中打滾，小丑魚時常嗤之以鼻；小丑魚躲在珊瑚深處，鯊魚時常笑牠終有一天餓死。

小丑魚嫌棄鯊魚世俗，鯊魚取笑小丑魚濫情。

日常的一天，99% 鯊魚，1% 小丑魚。星期六、日，反過來。風平浪靜時，小丑魚會出來透透氣兩三小時。

可是呢，鯊魚與小丑魚不會同時出現，兩條魚會互相排斥，從來不對

談。這種角力可能是源於自我保護的本能，反正鯊魚並沒有拼了老命成為殺人王，小丑魚也不見得只會躲身珊瑚城堡中。

仕途和歸隱之間，就是牠們的 *Camino*。

每年一趟 *Camino*，小丑魚像被釋放出來，自在的暢游，滋養生息，養得肥肥白白。雖然害羞的牠終於敢冒出頭來，但還很脆弱，勇氣撐不到半天就躲回去。

當我以為自己早已下定決心，決定還是做鯊魚比較保險的時候，小丑魚卻又從未如此的飢餓起來。

鯊魚和小丑魚之間，就是我的 *Camino*。

在走路的時候，我放空自己，放開判斷，放下掙扎，在這不著邊際的空間，我要試試讓鯊魚和小丑魚對談。兩個都是我，相煎何太急？我們倆是不是可以合二為一？

大地沒有給我答案，所以我還是會回去繼續走我的 *Camino*。

在加州出差時坐在車上走過一條馬路叫 *El Camino Real*，心想哪天我在 *El Camino Real* 上也感覺像走在西班牙的 *Camino* 上，仕途和歸隱之間，

鯊魚和小丑魚之間，再沒有距離，那麼哪裡也可以是我的 *Camino* 了。

背着時間的重量走

同一個背包，裡面同樣的東西，早上背起來跟走了一天仍背著的重量
完全不一樣。

這就是感覺。連牛頓也不能跟我爭議。

休息了一個晚上，喝了咖啡，雄糾糾，如果天色明朗，心情也開朗，
步伐當然輕快，即使背著背包，感覺也輕如無物。

下雨天，泥濘路，濕答答，舉步維艱，不斷問：還未到？還未到？越
問越未到。巴不得拋掉千斤重的背包就此作罷。

感覺，跟客觀事實的關係相當微妙。

又譬如恐懼。下斜坡時的恐懼。心怯，聽到後面有人沙沙的快速超越
你時更怯。

唯有步步為營，踏出一步之前，眼睛 45° 投向前方的落點，瞬間確定

它沒有牛屎沒有令人深陷的泥巴沒有令人滑倒的沙石，就快速跨步踏到落點處。如是者不斷重複，這是最佳的冥想練習，精神要高度集中，再回頭時已成功爬下山徑。我發現恐懼是無法征服的，只能找方法與恐懼同行。

恐懼，警戒我們不魯莽行事，有時不失為一個守護我們的好同伴。

走在栗子樹下，刺殼隨時有可能掉到頭上，它的刺也極可能黏到襪子去。小小一根刺到腳跟兒，小癢小痛，走得正順又不想停下來拔刺。可不要小看問題，還是先下手為強，你不理它它就會放肆，到時有苦自己知。

對於腳底的水泡也一樣。開始走的幾天先貼上膠布，待腳適應了就不用再貼，路上很多人頭幾天就起水泡，餘下的路程就要踏著不必要的苦楚。

這是客觀事實。誰也不需爭議。

好的一天

慢而平穩的步伐，穿透力可以很強。

我們很少可以超前他人，今天我們超前了一位老伯伯。

我們在吃中飯時遇過他，他走路有一點點小拐。他就用一拐一拐的節奏，平穩往前走。

雨也不大不小地平穩地下了一整天。山勢慢慢向上攀，穿過葡萄田的路，走得人心情愉快，越走越起勁，走著走著居然追上了老伯伯，超前他的時候，跟他打了聲招呼。

走在人前的時間可不多，因為路上叫我們停下來的事太多了。三色貓繾綣在腳下，玩了一會。啊，還有山嵐。

地上的熱空氣向上升，遇到從山上下降的冷空氣，形成了纏在山腰的霧，浪漫一點可以叫它做山嵐。

風起，雲湧，看過 *Juliette Binoche* 主演的電影 《*Clouds of Sils Maria*》 裡的雲霧，會在某種特定的天氣下形成，並穿過馬洛亞山峽，就像巨蟒一樣遊走。

這一刻的山嵐就像掛山上，靜、止，美呆了。我們駐足凝望，被老伯伯趕上了，在我們身邊經過，跟我們打了聲招呼。

忽然來了一抹微風，山嵐橫著走，老伯伯縱著走，步伐既慢且平穩，就這樣，深深地刻進人心。

當你忘我地走路時，你的感官是相當的忙碌：

風兒像個巨人疾走於玉米田肆意撥弄的聲浪、

鳥兒歸巢前在電線桿上合寫的樂譜、

滂沱大雨打落在枝葉上激發的草香、

細雨飄落皚白雪地時的寂靜、

上帝指尖輕撫麥田後留下的溫度、

石英晶體與光年以外星宿的共鳴、

骨頭與骨頭之間不咬弦帶來的苦楚、

跟踏破了的鐵鞋道別時的愁緒、

思鄉時杯麵給我的慰藉溫暖、

因為汗流多了更覺一口白開水的清甜⋯⋯。

當我停止說話，末梢神經卻開始活躍起來，讓感覺自找門路。

像是與世隔絕，卻與周遭有更強烈深刻的感應連繫；而所謂自己的節奏，其實從來不可能獨立於大地的節奏。

不好的也一天

愛上走路，是一種泥足深陷的感覺。

雨季的日子，山上沒有一條好路，甚至可以說是一片泥沼。泥沼對我來說，最初只是一個朦朧的概念，當你再不能腳踏實地，你就切實知道它是什麼回事。

面對眼前這片泥沼，我有兩個選擇：要麼往回走，看能不能找到公路就走公路；要麼頂——硬——上 *1 ！

走路本來就是這樣容易平常的事，只要把一腳踏前，再把另一隻腳踏前不就 OK 了嗎？我試著把右腳先踏進去，不確定是否要把重心往前移，就在猶豫之際，右腳已經慢慢的、慢慢的往下沉，當半隻腳面已被淹沒，這才意識到要儘快把左腳踏出去。

就像電影中的場面，我被浮沙拖進去，一分一秒過去，快要被吞噬沒頂了。

時間就像膠著了一樣。兩隻百厭的小鬼老是拖著我的腿，我寸步難移。

終於沉著氣運勁拔出泥足，再往前走兩步試試，實驗證明，走得越慢，往下沉的力量就越大。

我又試著加快步伐，泥濘被濺起在腳套上盛放，越走得急，越濺得厲害，簡直是場惡夢，褲管上、斗篷上，甚至眼鏡上，濺到令人發狂的地步。上帝旅行社既然把我帶到這個田地，我就只能順著走，走著瞧。

這其實可以是自己和自己的心玩的遊戲。

反正已經覆水難收，我也豁了出去，想像自己是色盲的草間彌生，用腳做我的畫筆，每踏一步都綻放出大大小小的泥炭色波點，在我身上，在大地上。

轉變了心境，整個身體也輕多了。我不理一切，繼續唸著我的咒語：快啲！快啲！*2 繼續大步向前。

波點繼續爆發，我從一個看風景的局外人，變成了風景的一部分。

就像一隻小豬在泥漿中翻滾，單純快樂。

當然，我試圖不去高攀女子泥漿摔角的暴力美。

然後走著走著就走出泥沼，開始有的沒的出現草地，雖然都是浸在淺水中。路過一個又一個小水窪，索性踏進去，站在腳尖，像跳芭蕾舞一樣左腳底搔搔右腳面，撥走泥巴，讓鞋子探出頭來呼吸一抹清新。

我的鞋子已經是我自身的一部分。

所以，當我要和它道別時，就像送別某個階段、某個時期的自己。回到巴塞羅拿，我踏著這對笑開口的鞋子，走進運動用品店，換上一雙新鞋。

回頭看著這對老拍檔含笑而終。這對陪伴我走過兩次 Camino 以及無數高高低低的老拍檔，再見了，我必須放下，才可以繼續上路，走更遠的路。

---

1   意思是硬著頭皮。
2   快一點的意思。

雲狀逗號

香港馳名不夜天，齊名的，也有不見天。

曾經有朋友拿著針孔相機，走在鬧市，朝向高聳入雲的大樓之間露出的隙縫，拍下極具香港特色的天與雲。最有趣的是在影展舉辦當天，他們奉客的茶點，那些奇形形狀的曲奇 *1，就是以照片中天空形狀倒模而製作的。

朋友真的幽默。香港人的幽默感，是這樣鍊成的。

整條 Camino 穿越不同省份，有高山，有平原，中間有一段比較悶蛋 *2，因為一望無際都是平坦大路。兩旁要不就是收割乾淨的田，要不就是高高的、枯枯的、來不及收割的玉米，一直往前，在看得見的十數公里外還是這樣的——平——平——坦——坦。

可是你抬頭看天，它無時無刻不在變。

單說規格，已經很不一樣。望著一片以環迴超闊銀幕呈現的天空，你

的腦神經不期然讓路給你的心胸，像深呼吸一樣，心廣了，氧份多了，至於能不能舒懷了，也得看修為了。

從狹隘中釋放出來，寬天廣地。

螞蟻循著一樣的軌跡營營役役，這是物競天擇，還是個人選擇？

看見天邊的魚鱗雲，就知要下雨了，還是先停下來準備雨天裝備。大自然有它的節奏，土地經過幾季的辛勞生產，的確需要甘露滋養。

冬雨並不是潤物細無聲般溫柔，夾著無定向風的洗禮，雨點瘋狂的敲打著我們身軀，雖然我們滴水不入，但在慘烈的灰暗下低頭上路，還是有點欲哭無淚。

厚厚雲層漸漸散開一道裂縫，陽光趁機透射，清晰可見一條一條的光線，我們稱它為耶穌光。在 Camino 路上看見耶穌光，好像是理所當然的事。

耶穌光把旁邊水氣極重的雲彩染色，就像雨後彩虹一樣，折射出魔幻的色彩。聽說孫悟空騰雲駕霧，腳踏的應該是這樣的七色彩雲。

如果遠處有山，彩雲又會化作剪影，隨著山脈的起伏遊動，風的流動，

在黑白琴鍵上掠過，奏出一闋短歌。

終於走到最高點，眼底出現了山腳下的村落，這首歌也由輕快調子變成萬馬奔騰。我們三步拼作兩步走，快快下山找個地方脫下裝備歎 *3 杯咖啡。

到安坐於小露台吃著 *tortilla*、歇著腳的時候，天色已經被剛才的大雨洗刷得澄淨無比。偶爾飄過的一朵雲，狀似一個逗號，告訴我們，路仍遠，旅程還是要繼續呢。

---

1   餅乾。
2   悶到鳥不生蛋。
3   享受。

Restless
Sea

下雨了

雨水，作為一款香水的味道，雖然有點籠統，但也滿溢想像。

秋雨後的山野的確很有味道。

乾乾淨淨的清新，涼快到微冷之間。雨滴俐俐落落地把枝上僅餘的枯葉都打到地上，把木頭沉實無華的香氣引發出來。這氣息低調得一恍神就會錯失了。

毛毛雨又是另番景象，尤其是走在黃昏的鄉間。炊煙縷縷的滲透在水滴的微毫細胞裡，蔓延到大氣中，用近乎慢燉肉湯的香氣，籠罩著整個世界。

一直走在路上，挨家挨戶的經過，雨點會沿途跟每戶家廚的獨門配方產生不一樣的化學作用。

遇到什麼樣的對手，才有什麼樣的結果。

由我命名香水的話，可能會出現雨水系列之枯木、嫩草、海鮮大鑊飯、
慢燉牛尾……。

說穿了也就是最原始的生理感官：我餓了。

朝聖者套餐

認識了 *Cristina* 之後，吃飯時我們總黏著她。她是我們飯桌上的明燈，她點什麼我們點什麼，一定錯不到哪裡。

Camino 路上我們一直順著自己的節奏而行，中午的時候就找家舒服的小餐廳吃飯，吃它兩個多小時，老公也順道打開他的 *iPad mini* 完成他每天的工作。每天工作兩三小時，不受地域所限，事實上是不少人的理想工作。

餐廳大多準備了 *Pilgrim Menu*，前菜、主菜、甜品，紅酒白酒自選一瓶放桌上，價錢都在 *10-15* 歐羅之內。我喜歡的前菜是 *paella*，不知是中國胃餓米飯，還是運動量大了餓 *carbo* *1，狼吞虎嚥，一大盤西班牙海鮮飯，有時食不知味。主菜是肉類，因為已經不是飢民狀態，倒可以慢慢欣賞。甜品大都是超市方便裝的冰淇淋或布丁，有時也有陶罐裝的乳酪，那我就必點無疑。

咖啡上桌之後，老公就開始隱身去工作，我和 *Cristina* 的話題才真正開始。我們第一個的共同話題是大家都看過同一本書：*Elizabeth Gilbert*

的 *Eat. Pray. Love*，講的是作者失婚後，重新尋找自我的一段經歷。

尋找，不論要尋找的是什麼，相信也是 *Camino* 路上最大的命題。話匣子一打開，我們的交流註定是沒完沒了。

第二年走 *Camino* 時沒有 *Cristina* 在身邊，我們就靠自己的美食直覺去尋找。我們迷戀的是小鎮大媽的 *home cooking* 手藝，很多時候 *Pilgrim Menu* 也沒有，反正是她們煮什麼，我們就乖乖的吃什麼，有點回到中世紀的俠氣。

有次入宿 *albergue* 之後已經入夜，而且開始下雨。石板路上只剩一家店開著，也沒有餐牌什麼的，我們只做了一個吃東西的手勢，就聽天由命。一分鐘後，端過來的熱騰騰的番茄薯仔 *2 排骨湯。一口之後，不得了，居然是我們家裡日常喝的番——茄——薯——仔——排——骨——湯！

在香港，老公和他的朋友有參加兩天一夜走 100 公里山路的毅行者活動。如果那年沒有下場跑，就會做支援隊伍，在中途站供餐和提供按摩服務。走最後一段之前，大家都會睏得要命，意志薄弱，於是我們會使出一道殺手鐧：回——魂——能——量——湯！

其實就是最簡單的番茄薯仔排骨湯，只是我們會用琵琶骨，連著骨頭

的肉比較嫩滑，大家就可以連湯帶料咕嚕咕嚕半點不漏的喝下，登時回過神來，大喝一聲：我已經充滿力量喇！

話說回來，我們的驚喜是，那個西班牙媽媽做湯的手法居然非常東方，可能帶點香草，但沒有加酸忌廉或忌廉 *3，嶙峋的骨頭還老老實實的躺在碗裡讓我們慢嚐。

路途上想家了，上帝旅行社自有它的方式，突如其來的給你安慰。

伴著這碗湯，我們麵包一直吃一直吃一直停不了。主菜是其貌不揚的豬排。寡白的三薄片，伴碟的是只兩片番茄。嘩，這樣的造型，你必須要很好吃很好吃，否則就會來個反高潮了，如何對得起那個爆燈 *4 的番茄湯？

一吃，唔～怎麼可能？肉味純樸無華，看不出、更吃不出是怎樣調味；再吃一口，肉汁放任奔馳，是因為 *Iberia* 區名產的黑毛豬嗎？由於語言不通，那永遠是個謎。周星馳所言甚是：給你猜透我還算食神嗎？

---

1   澱粉。
2   馬鈴薯。
3   酸奶油或奶油。
4   "超越滿分，非常"的意思。

最後，我們還是忍不住跟西班牙媽媽多要一碗湯外帶回去留作明天早餐（從此我們就自備矽膠摺疊碗，用以盛載突襲的美味）。看見我倆「捧腹大笑」的樣子，難怪她也報以驕傲的笑容。

又有一次，在 *Galicia* 一間地道小店，看到有海鮮（不是海鮮飯），突然想豪他一豪，吃大蝦餐。於是我們開始點菜，西班牙大媽卻跟我們說了一大堆，大意大概是你們點太多了，我幫你看著辦。

結果，我們點的大蝦變成了八爪魚。八爪魚是這裡的名物，煮好，吃的時候剪成一小段一小段，加橄欖油、鹽、紅椒粉。聽見剪刀的聲音，有點像小時候在街邊吃牛什 *1。好吧。

點的沙律變了熱湯。天氣很冷，外面下著毛毛細雨，冷得入心，喝碗熱騰騰的椰菜薯仔湯又實在比吃冷冰冰的沙律好。好吧。

主菜上對了，雖然也只是火腿扒伴薯條。最意外的是居然有一隻太陽蛋。邊邊是煎得脆脆的，蛋黃很有蛋黃味，這可不是廢話，這個年代，東西都長得很好看，可以是卻沒有兒時吃的那個味道，雞蛋有雞蛋味，薯仔有薯仔味，真的難求。

甜點：聖地牙哥蛋糕，西班牙大媽幫我們決定了。好吧。

想要的不一定得到，得到的亦可能超越你想要的。乾了用小碗盛著的
白酒，逍遙，就是如此隨遇而安。

1　　牛的內臟。

傳說

雨停了。深不見底的夜空上,掛滿了卡數不小的鑽石。

銀河在西班牙語俗稱 *El Camino de Santiago*,而 *Compostela* 由拉丁語系的 *stellae* 而來,意指繁星。有關朝聖的傳說,總是離不開天上的星星。

話說 *Camino* 從東方走到西方,晚上走的話,銀河就在我們的頭頂上,我們就是沿著銀河的繁星走。白天的話,我們就跟著另一顆星星 —— 太陽走。

這個信念非常單純,但對於在 9 世紀、10 世紀初第一批朝聖者來說,卻一點也不容易。當時,因為皇權的紛亂,宗教的分歧,路況治安都非常差。

到了 11 世紀,歐洲整體勢力在擴張,不同皇權的帝王好像 *Navarre* 的皇帝 *Sancho III el Mayor* 和 *Castilla-León* 的皇帝 *Alfonso V*,看通了 *Camino* 能帶來的政治和經濟的利益,加上有助歐洲不同的天主教群體的交流及統一,羅馬教廷也對這條朝聖路鍾愛推崇。

於是，事情就好辦了。除了修橋鋪路，也興建了醫院或避難所，亦即是今時今日 *albergue* 的前身。

聽說，在 *1139* 年，第一本 *Camino de Santiago* 的 *Guide Book* 出版了。

漸漸地，*Camino* 就開始興旺，也隨之品流複雜起來，有人來經商，也有人趁機混水摸魚；於是朝聖者開始穿起了中世紀的服飾以茲識別：黑袍一度、一個小皮包、一枝手杖、一個葫蘆瓢、一個扇貝殼作記號。瓢砵用來盛水盛酒，他們都說：有麵包有酒，*Camino* 哪裡都可以走。手杖可以輔助走路，萬一遇到山賊時也可以自衛還擊。

朝聖者在 *albergue* 可以免費得到最基本的招待，一頓熱飯、一夜寢宿和翌日上路時的食物。侍奉者更會像耶穌一樣，為疲憊的朝聖者洗腳。如果朝聖者不幸病死在 *albergue* 裡，他們的遺體更會被安葬。

幾個世紀之後，徒步在同一路上然後爭相搶床位的傳統，仍然繼續，只是我們都穿著 *Gore-tex* 雨衣，背著美美的背包，吃著各式精美的朝聖者套餐。

Hello Buddy

Camino 路上人來人往，大家都是過客，有緣分的，說聲嗨；更有緣分的，正正經經說聲拜拜。

又是一個下雨天，到達 *albergue* 時已經又冷又餓，時為三時多而已。*Albergue* 是老舊的木建築，氣壓有點低沉。主人領我們爬上吱吱作響的樓梯，上了一樓一個小房間，內有兩張上下舖床。我說這個房間小，是以香港的標準來說，它也屬於小。小房間內有個不合比例的大窗戶，窗外的陰暗光線居然顯得有點刺眼，待眼睛適應了之後往外看，樓下是個花園，圍著中央的一個舊馬車裝飾，零零散散的種滿大小盆栽。

我們床的另外一邊的下舖，整齊的鋪著睡袋。從放在房間外的登山鞋判斷，他應該是個巨人。我自私地選擇了上舖。老公坐在下舖，空間矮得不能讓他挺直腰骨。床與床之間的距離，也容不下兩人轉身。

這時，巨人出現了。

「 *Hi. Nice to meet you. My name is #@$&#(!9*.* 」

果然昂藏六呎有多。三個人同時站在房間，有點不知所措。大家自然地往外挪移，房間外憑欄，面向小小的一個中庭，柔和的光線下也可細看這位新朋友。

這位捷克大叔滿臉鬍子，頭髮卻是短短整齊的。他說從捷克一直走，一直走，已經走了三個月，他將要跟兒子會合，一起走到 *Santiago de Compostela*。

「嘩，走了三個月。」我們說。

幸好我們也不賴，我們第三次走在 *Camino* 了。

「 *Wow*！」大叔說。

我們都不是多言的人。沉默裡，大叔綠色的眼珠在風塵僕僕的面容上，顯得格外的透澈明亮。

「你們想認識我的旅伴 *Buddy* 嗎？」大叔說著，就回房間，伸手窗外往下指。

「 *Hello Buddy！* 」

「汪！汪！」

花園裡的有蓋休憩園區，躺著一頭大狗狗。真的大，大得像一匹小馬。牠一身鬖鬖的毛跟主人一樣風塵僕僕，跟大地的顏色可謂 *tone on tone*。

Buddy 跟我們說過嗨之後又再躺下。累了吧，忠忠誠誠的伴著主人走了三個月的路，自己還會背上自己的食物東西，不簡單啊。

老公說起了當年從香港帶到紐約古代牧羊犬 *Momo*，想起牠在 *Prospect Park* 自由奔走的快樂，想起牠喜歡吃叉燒的饞嘴，想想如果牠健在的話，可以像 *Buddy* 一樣吃得苦嗎。

Buddy 像聽得懂中文，側著頭豎著耳，轉個身來聽。我們這才發現，*Buddy* 的前右掌穿戴著一隻金屬的鞋。後來跟牠主人聊起，知道路途遙遠，風雨飄搖，牠破傷了的前掌一直沒法痊癒。主人在城裡帶牠看獸醫，為牠度身訂製了一隻鋁金屬鞋子，希望減輕牠的痛楚。

Buddy 一直伴隨身邊，沒有半句怨言。

我們拿了一瓢水給 *Buddy*。牠緩緩的站起來，伸了一個很長、很長的懶腰，一個正正宗宗的下狗式 *Downward Facing Dog*。我也席地把雙手放地上，跟隨瑜珈老師上課，好好舒展一下緊繃的上背、下腰和腿後筋。

在牠龐大的身軀前，我更形渺小。我向大地俯首，靜靜享受著每一下的深呼吸，感覺氣壓逐漸回升。

突然傳來馬的嘶叫，原來花園槽內，停了兩匹馬，聽說是一對年輕法國夫婦度蜜月走 *Camino* 的坐騎，嘩。如果今晚沒有碰到他們，可能以後也沒機會。馬，畢竟比人類跑得快。

往後一兩天，我們會從路上的馬糞推敲到法國蜜月夫婦的蹤跡，可惜無緣真正見個面。路上偶而也會再碰上捷克大叔與 *Buddy*。就當我們以為緣分會繼續，我們會不斷遇上，你會突然發現對方已經不見了，來不及交換姓名、聯絡方法，也未有好好說再見。

於是我們的捷克大叔，只好永遠的叫做 *#@$&#(!9**。

獅子王

人在路上，最放心不下的是我們家老貓 *Boo Boo*。

不經不覺阿 *Boo* 已經來了我們家十六年。當年我們家住在一座小小的天后廟旁，有次回家如常的經過後巷，傳來貓兒微弱的叫聲，看不見貓影，地上擺放了一罐開了的貓罐頭。我們一聲不響的坐在地上，果然贏得小東西的信任，一團灰黑色的毛球伏行到我們旁邊，一直把罐頭舔得光光，一顆藍眼睛、一顆黃眼睛在黑夜中放亮。

第二天聽見大廈的清潔工人吼叫：「居然在我地盤撒尿，我不打死你，我不姓陳。」嘩！好兇啊。接著一天，不見了小東西。我們心亂如麻，不知牠是否已經遭遇不測。

再見時，小東西受傷了，四蹄都滴著血。我們別無選擇只好出手營救帶牠洗白白看獸醫。

老公愛狗，不愛貓。我沒有養過動物。我們家怎可能養一頭貓呢？還是看有哪位貓人朋友收養牠吧。

洗澡後大變身的小東西原來是白色的長毛安哥拉，一點也不小了，獸醫從牠的牙齒估計牠已經三歲，沒有做絕育手術。

獅子王落難街頭終告一段落，很快就在我們家恢復皇位。在被鋪撒尿不在話下，更在迅雷不及掩耳之際使出利爪把我的臉劃花。

老公唯有使出絕招：上帝的飛拖，把拖鞋橫空往牠那邊的牆壁飛過去造成巨響，嚇牠一個措手不及，以為是來自上天的懲罰，是 *classical conditioning* 訓練的一種。

唉，牠有這樣威武的聲名，還有誰要收養牠呢？

有次要出門，已不好意思麻煩朋友照顧惡貓，就把牠放到寵物店幾天，臨走時跟寵物店老闆說了牠的身世，如果真的出現有緣人收養牠，我們會萬分感激。

四天後我回去接牠，牠在玻璃櫥窗好像已經把我認出來，眼神居然溫柔可愛起來，像久別重逢般興奮，還熱情的舔我的手。牠，已經認定了我是牠的救星。

可這個時候，老闆跟我說有個女子想收養牠呢。上帝旅行社，你非得要這樣安排嗎？

牠好像知道我們快要把牠送走，乖乖的黏著我們看電視，偶爾也有惡行，但跟以前可說判若兩貓，不知是做了絕育手術之故，還是已經融入了我們家。所謂賣仔莫摸頭 *1，我們從不把牠當我們孩子，但也難掩不捨之情。老公嘆一口氣，唯有跟那位善心女子說明我們不捨得。

從這一刻開始，牠就正式成為我們的家貓 Boo Boo。

吃飯時，Boo Boo 總守在老公旁邊，等待牠的蝦乾賞賜。有一次牠不知怎的心急了，前蹄撲上飯桌伸頭探索，老公突然感觸，說：以前 Momo 也喜歡這樣。那頭活活潑潑的古代牧羊犬早已魂歸天國吃糕點。Boo Boo 會不會是 Momo 轉世，轉個形象，再來陪伴我們走一段路呢？

Boo Boo 認定了老公是牠的老大，平常老公在家工作，Boo Boo 無論如何也要鑽出丁點位置睡在工作室檯上，我看牠其實在裝睡，有時作伴的不需要講什麼的，相依相偎就好了。

Boo Boo 也是頭有性格的貓，牠不喜歡人對牠太熱情，搶著要跟牠玩，嚷著牠真可愛。

1　賣仔要狠下心腸，別不捨得，不要再輕撫孩子的頭臉，
　　以免大人和小孩加倍傷心。

啊，*Boo Boo* 你好靚仔呀，鴛鴦眼睛好得意呀，來，吻一個！姐姐抱抱！

Boo Boo 對此最不耐煩，甚至會發出像毒蛇般的噬叫，出爪攻擊，把人嚇得魂飛魄散。人家是獅子王不是毛公仔，請你尊重點好不好？

你越怕牠，*Boo Boo* 的氣勢就越強；你兇牠，牠更不甘示弱，跟你兇回去，直至聲嘶力竭。所以很多朋友都對牠敬而遠之。

這就是我們遠行最放心不下的原因。

路上我們見過有朝聖者帶著狗狗一起走，也會想像帶著 *Boo Boo* 出遊的盛況，可是牠在家是獅子王，出了家門就是一頭膽小貓，加上年紀老邁，還是留守皇宮比較合適。

感謝每位在我們每次出門時每日來照顧過 *Boo Boo* 的家人朋友們，你們都是勇士。

至於 *Boo Boo*，每次我們出發走 Camino 跟牠道別時，牠的雙眼都會閃爍著智慧老人的光輝，彷彿要跟我們說：不要忘記回家的路。回來時多帶點西班牙黑毛豬火腿貢品給我就 *OK* 了！

巧遇巧克力

九月份天氣還比較熱，為了避開中午猛烈的陽光，很多時大家會摸黑就上路。兩頭懶羊跟著大隊，很快就會被路邊的小咖啡店吸了進去。簡單的麵包、酥餅，不過十款，對於有選擇困難症的我倆，實在求之不得。

也試過晨早趕長途公車，在車站旁的茶水站趕急地要吃點什麼的。一杯 *expresso*，加一份熱呼呼的 *churros*，足矣。*Churros* 像油條，即是我們的油炸鬼。油炸鬼 *1 是鹹的，粗大的；*churros* 是甜的，比較幼細，灑上玉桂糖粉，吃下去比較像牛脷酥。

當然在又冷又潮濕的天氣下，如果有一碗白粥，再配 *churros* 就更暖入心，我的中國胃說。

後來回到馬德里才發現 *churros* 店也有不少，從路邊小攤到高檔咖啡廳的都有。正宗的吃法是蘸進濃郁的巧克力醬，難怪西班牙人都這麼的甜美。

說到巧克力，不得不提到我人生最難忘的一杯巧克力。

在 *El Ganso* 休養生息了幾天，雨過天晴，我們追逐著遠方的彩虹繼續往山上走。天有不測風雲，飄雨不打緊，令人煩惱的是那無定向的風。我們的斗篷被吹翻得像朵盛放的花，狀甚狼狽。風吹得狠的時候，就只好沉著氣，低著頭，不亢不卑的慢慢走。

也為了避開泥濘，我們就沿著公路旁走。很多時我都幻想有開著貨車的粗獷美男子經過，被我伸出的美腿迷惑而停下車來……。

說時遲那時快，剛駛過的一輛 *hatchback* 居然停下來，然後倒後，停在我們面前，一個大叔探頭出來說：「*It's snowing up there. Come on in.*」

老公還有猶豫之際，我已經二話不說，開門跳到車上。車子本來已經擠滿了食物，大包小包的；我們再加上背包體積也不少，簡直把車子擠爆了。

原來大叔是民宿的主人，見我倆在風雨中掙扎的朝聖者，就發了慈悲的心。

脫下斗篷，圍在火爐旁邊，開始找回生命跡象。再望著窗外，細雪連綿，無聲地把景物一點點一點點的染白，玻璃窗沾著霧氣，感覺似夢

迷離。想到山谷下，彩虹裡，大地依舊笑秋風，真的是一剎那兩個世界。

大叔遞上一杯熱巧克力，沒有說什麼，也沒有人想打破這刻的寧靜。

雙手捧著杯子，一股熱流從手掌沿著手臂直奔後頸，當場就起了雞皮疙瘩。細呷一口，像觸電一樣，電流從腳下的湧泉穴往上飆升，我不懂經絡，不知它有沒有走錯路徑，反正它經過脾胃之後，就溫柔的窩在我的心裡。

如果它是男人，應該是那種高潮過後，仍會擁著你睡，並會為你做早餐的好男人。

我也必須說，它比台北的「誰家書房」的巧克力更勝一籌。

後來，我們在超級市場買到這個地方出產的巧克力磚。看包裝說明，只要放在鍋裡慢火煮溶，加入適量的鮮奶，調配喜愛的濃郁度即可。可是呢，磚被買回來之後，一直被打入冷宮，我們再也沒碰過它。

---

1   即炸油條。

即使再置身 *1500* 米上，零度以下，泡在接近 *100%* 濕度中，我們那次美好的經驗也不會再重複出現。

薯仔耶穌

小鎮的教堂非常有意思。它滿載了民間的熱情。

2012 年西班牙小鎮 Borja 寂寂無名的一家小教堂，就因為修葺一幅耶穌像而聲名大噪。

當年負責打掃教堂的老太太，見那幅十九世紀畫的耶穌像顏色剝落，於心不忍，於是請求教會同意，讓她修復這幅大作。

老太太一筆一劃細心的在耶穌臉上補色，根據她年復年對畫像的記憶以及對耶穌的敬意，她終於完成了。

這幅畫作本來是畫耶穌頭戴荊冠被釘上十字架前的一刻，現在成了戴著毛茸茸頭套的可愛小薯頭。

老太太也許不明白來自四方八面文物專家的抨擊。她覺得自己只是盡了本份，而這份可愛的本心，結果為教堂引來絡繹不絕參觀的人潮。

藝術始於民間，源於日常，多好。

路上走進一間小教堂避雨，也專情留意其中壁畫。舉頭欣賞圓拱頂上的一幅最後晚餐，當堂會心一笑。我看修復者一定是個漫畫家，有著赤子之心那種幽默，你看小天使的表情，你看耶穌和門徒的表情，你看你看，最左邊的門徒戴了一副眼鏡耶。

Oh my God! 居然讓我遇上了約翰連儂。

野餐

早上天光得很晚，可能只有 5、6 ℃，不快步走身體暖不起來。太陽出來之後，氣溫可以到 20℃ 以上，流汗，但不至於中暑，挺舒服的。

在 *albergue* 機洗衣服後通常也會乾衣，可是這裡沒有乾衣服務，洗還是不洗？在精心計算過重量之後，每件衣物都只有一件替換，不乾怎麼辦？

不洗不成，臭成這樣子，況且房間有暖氣，乾得快，不要擔心。

結果呢，暖氣壞了。衣服當然沒有乾，幸好帶來的羽絨睡袋夠暖，否則真是雪上加霜。

知書識禮的老公把濕濕的衣物放進垃圾膠袋，塞進背包。我就把它們通通掛在背包上曬晾，長褲、快乾 *T* 恤、內褲、*sports bra*、襪子，像萬國旗一樣。

太陽在背後山巒，未曬到谷底平原。前方傳來叮叮噹噹，一定是牛鈴，

羊鈴應該是鈴、鈴、鈴那種清脆的聲音。

由老舊教堂到栗子田到牧牛場，所有場景都好像預早被放在一條直線上，只要你一直走就會一一經歷。

然後，我們餓了，應該會有餐廳出現吧。出現的卻是個完美的野餐地點，牧場旁，小溪邊，還有飲用水源。

陽光穿透樹葉之間灑在餐桌上，老公取出他一直引以自豪的野炊用具生了火，我幫忙把栗子脫殼。除了芝士、火腿、麵包這些指定動作，我們多了個主角：栗子杯麵。

真後悔沒有帶走前晚剩下的一丁點米，否則我們就有栗子煲仔飯吃了。

想起了另一次急就章逼出來的創意。那天晚飯時把剩下的米一次過煮成飯（背著米上路也是負擔，尤其是你不確定翌晚是否有機會煮飯），然後把剩下的煙肉粒也一次過爆香，放在食物盒待用。到野餐的時候，切一點羊奶芝士和一個番茄，撈進煙肉粒和冷飯之中，簡直天才廚神的發明。羊奶芝士的作用有點像腐乳，配上番茄的清新，鹹鹹甜甜，非常惹味 *1，如果有紫菜可以包成飯糰就更完美了，可是，人在路上，就不要求太多了。

此刻衣物被陽光寵愛著，升起了縷縷水蒸氣。一頭小狗跑過來，圍著我們團團轉，這一刻，我們就享受這一刻流浪的風流。

完美的野餐時刻並不是必然的。又有一次，下過雨，到處濕濕的，走起來也要格外留神。我在看有沒有一個沒那麼濕的地方可以坐坐，下了幾級石級，居然找到個好地方。

攜著食物，總想找個完美的野餐地點把它們就地處決，減輕負擔。

樹下、溪邊。趕忙生個火，把隆而重之、好好保護了兩天的雞蛋吃掉。

太陽微微的探出頭來窺視我們的動靜，老公說：既然太陽出來，我們就煎太陽蛋吧。

先以煙肉下鑊 *2，取其油份和香氣，然後打蛋，蛋殼裂了，為什麼沒有蛋液流出來？

太陽躲回雲間。天啊，那居然是隻熟蛋！

1　　很好吃，越吃越想吃。
2　　鍋子。

没时间想个究竟了，现在火有点猛，什么也别说，先把熟蛋切碎放进镬中，再切半只番茄，加点水，然后盐、黑椒（麦当劳里拿的，很好带），完成，趁热供食。

蛋黄溶于水里变为汁，蘸面包效果很不错，误打误撞，又一餐成功的流浪者美宴。

但问题是蛋为什么是熟的？我们不忿地再打一只蛋，也是熟的！原来在山城小店买的都是熟蛋，方便朝圣者带在路上吃。

忽然云雾飘至，再坐一会吧，看薄雾飘散，听风吹叶落，习习有声。

心想，背包里还有两只熟蛋呢。

碟碟不休

香港人喜歡飲茶，吃點心。小時候，爸爸在星期日一定帶我們上茶樓
一盅兩件。

當時我們住在士丹頓街，就在今日中環的蘇豪區，昔日爸爸都叫那裡
「卅間」，據說有富商一口氣買了三十間樓宇而得名。從鴨巴甸街往
下走，就會到達在皇后大道中，那裡有家「仁人大酒家」，是間街坊
茶居，鄰里的聚腳點。六、七十年代香港人都在掙扎求存，能有餘錢
上茶樓，某程度上代表生活還算撐得過去，可以舒一口氣。

記憶中，賣點心的嬸嬸，都在肚皮上頂著一個大大的、方方正正的點
心盤，用一條粗粗的皮帶繫在雙膊上卸開重量。

蝦餃、燒賣、叉燒包。

大家都落力叫賣，希望儘早沽清盤上的點心，就可以休息一下，跟茶
客打打牙骹 *1。

鹹水角、煎堆、蛋撻仔。

我在等我的蛋撻仔。我會一口氣挖空吃光三個蛋撻仔蛋的部分，把酥皮留給爸爸吃。

爸爸說不吃皮不長肉。對，你看我就知道，爸爸講的不會錯。

爸爸，原來在地球的另一邊，西班牙人也很喜歡吃點心。他們的叫 *tapas*。

我們的西班牙朋友說好了今晚一起吃 *tapas*，就約在我們旅館附近的地鐵站等。

Cristina 騎著單車下班到地鐵站跟我們會合，*Jordi* 也趕到了。歐洲真是單車 *friendly*，推著單車就可以走進地鐵的第一卡車廂，台北也是這樣，只有香港這麼野蠻落後，硬要人家把輪子拆掉才可以進站。

我們是怎樣認識 *Cristina* 的？噢，也是從吃開始。在 *Camino* 途中某餐廳裡看到她點的 *chorizo* 煎蛋好像很好吃，但在餐牌上遍尋不獲，於是就過去搭訕，原來那個是她單點的，果然有些 *secret menu* 還是需要識途老馬開示。自此，她就成為了我們的旅伴，也是我們美食福祉上的盲公竹 *2。

三兩個地鐵站之後，我們到了一個安靜的住宅區，拐個彎就看見 *Bar Ramon* 的霓虹招牌。推門進去，可謂人聲鼎沸，大家都擠在一起，熱烈地享受著周末的氣氛。

Tapas 的西班牙語是「遮蓋」的意思。中世紀時人們驅乘馬車為營商貨運，在泥濘古道上日夜趕路，中途歇息於 *albergue*，同時也解決裹腹的需要。問題是大家都目不識丁，於是就沒有餐牌，反正廚房有什麼大家就分著吃什麼。而且一小片麵包、一薄片肉也有好處，就是可以在你我聊天的時候遮蓋酒杯口，即使口沫再橫飛，果蠅再纏繞，也無後顧之憂，哈哈。

有關 *tapas* 的起源眾說紛紜，我還是喜歡這個說法。

那個晚上，我們喋喋不休，當然也碟碟不休。

Pulpo = 八爪魚
Revuelto de setas = 炒雜菇
Butifarra con patata = 香腸薯茸

1　　　聊聊天。
2　　　本意是視障人士探路的手杖，引申作指路明燈。

Filete con foie = 醬汁牛排

Calabacín con queso y foie = 芝士鵝肝翠肉瓜

Pan con tomate = 番茄醬麵包

Flan de queso = 芝士乳酪布丁

當然，穿梭於整個晚餐的還有無盡的紅酒、橄欖和西班牙火腿。我就是喜歡 *tapas* 這類小菜，食材是在地的，吃起來輕鬆不拘禮儀。

不知怎的，這種很 *neighborhood* 的氣氛，到了香港，就會變成很 *hip*、很精緻、很優雅，完全不是那回事。就像現在的酒樓容得下水晶燈，卻容不下點心車。是本末倒置，還是適者生存？

如果爸爸仍在的話我很想問問他。爸爸講的不會錯。

兩生花

下雨了，她們會打著傘，風大了，她們會穿起 *Gore-tex* 雨衣，動作優雅，不如我們般狼狽。雨勢沒有轉弱，我們連跑帶跳的走進山谷裡的一間小餐館，*Imma* 兩姊妹已經在喝熱湯，大家報以微笑。

斗室裡四張桌子中我們各佔一桌，一頭一尾，大家都低聲說話，我們有我們講廣東話，她們有她們講西班牙語，互不相干，夾雜著的只有撕開新鮮麵包脆皮的聲音，和雨水從雨衣滴在老地板的聲音。

她們吃好了，起來先走。我們累了打算今天就停在這裡，也跟她們道別。*Camino* 路上，*Hi* 和 *Bye* 很多時是同時發生的。

老公拿出手機，準備開始工作的時候，發現並沒有流動網絡的訊號。我們走出大街，依然沒有訊號，爬上 *albergue* 二樓的房間，也沒有訊號，*albergue* 老闆說，山谷內的訊號不穩定，時有時無，要保險一點，還是往數公里外的下一個小鎮走為上。

吓？現在要繼續上路？可是我身上的腎上腺素已經直線下降，身軀準

備好洗個澡乾乾淨淨的滑手機了。要繼續走？

雨停了，厚雲間裂出一道湖水藍的縫隙。空氣中的水分一點一滴的蒸發，在微熱的溫度下步行，令人心頭上湧現了一個栩栩如生的影像：凍檸樂！凍檸樂！

到達下一個小鎮走進酒吧時，*Imma* 兩姊妹早已在享受她們的啤酒。「*What a nice surprise to see you here.*」

一面喝著凍檸樂一面道出因由，而這個因由，卻帶來了我們往後幾天的相處時光，這就是上帝旅行社。

Imma 和 *Eleanor* 長大後在不同的鎮上工作，每年哪怕是多忙也會抽空一星期兩姊妹去旅行聚聚。這幾年她們每年都會結伴走一小段 *Camino*，跟我們有點相似，今年在哪裡停下來，明年就在哪裡繼續，不同的是，*Imma* 駕車而來。

每天早上吃過早餐，她們就把行李放在車上，開車到預先訂好的旅館（注意：不是 *albergue*），放下行李，再乘坐旅館老闆的車折返原點，開始一天漫步之旅，那我明白了，為什麼她們總可以那麼晚出發兼且可以輕裝上陣。

她們甚至提議我們把行李放她們車上，這是個大誘惑，最後我們還是為了保留多一點機動性而婉拒。

Imma 對於我們需要上網的原因深感興趣，一聊之下，原來她的男友也是個漫畫家。

話匣子打開了，身體卻累了，於是我們回去我們的 *albergue*，她們回去她們的旅館，大家都相信有緣再續。

第二朝醒來，我的手腕上就被蚊子咬了幾口。老公覺得像床蝨的所為多一點，對啊，潮濕的天氣下，床鋪有蝨子一點也不稀奇。如果床蝨躲在睡袋裡，隨著我們旅行到不同的 *albergue*，將會是場世紀災難，為安全計，我們決定要狠下心腸。

天色放晴，我們在古老教堂的小廣場前，迎著風揚起睡袋，然後徹徹底底的在每一吋噴上消毒酒精，再在陽光下晾曬，床蝨呀床蝨，拔腳狂奔吧。我們席地燒水煮茶，反正時間有的是。

到真的收拾好行裝再上路時，已不見 *Imma* 她們的蹤影。日上三竿了，她們一定出發了，究竟我們會再見嗎？

那天，我們再沒有和 *Imma* 姊妹遇上。

時晴時雨的天氣延續著，我的床蝨問題好像沒有好轉，除了手腕，頸後、小腿也有被咬到，令人暗暗有點擔心。狂風之下前行，被吹得頭昏腦脹，老公在路上一不留神，稍微拗到足踝，狼狽地要躲在大石背後避一避風。

想起了太陽伯伯與風伯伯鬥法的故事。話說太陽伯伯與風伯伯在賭誰可以先讓路人脫去衣服，風伯伯使勁地吹，路人躲在樹後，死命的抓緊衣帽不為所動。太陽伯伯施施然露面，猛烈一曬，熱得不行了，路人唯有脫去衣帽透透氣。

大自然每天就這樣跟我們玩遊戲，我們也樂於奉陪。走十五分鐘，休息半小時，走走停停，也只能以龜速前行。

又因為已經不是旺季，鎮上的藥房大多關門，想買藥膏也欲購無門。更糟的是，鎮上唯一營業的小 *albergue* 也客滿，而我們實在提不起勁再走到下一個鎮，把心一橫，豪他一晚，就住一晚旅館吧。

「*Hey, good to see you here.*」就在旅館餐廳裡，我們再遇上 *Imma* 和她妹妹。原來這是她們這程 *Camino* 之旅的最後一個晚上，明天她們就要驅車回家。我們道明了身體上出現的小狀況，*Imma* 就對我們說，往後幾天的天氣也會不穩定，要不你們就跟我回 *Lleida*，可以找間藥房，也可休息一下再去巴塞羅拿看你朋友。

吓？這麼突然？這麼突然地終止 Camino 上的行程？「好呀。」老公說，「好呀。」說時堅定不移，頭也不回。

就這樣，第二天早上我們就在大雨滂沱之際跳上了 Imma 的車子，一切來得太突然，幾小時之後未及回個神來已經到達了 Lleida。

我們把身上以外的，都放進大垃圾袋裡，緊鎖袋口，生怕半隻床蝨逃脫。亦因為這個原因，我們沒有住進 Imma 的家。

夜色入城，大街小巷舉行著嘉年華，歌舞昇平，一夜間的反差實在太大。懷疑被床蝨所咬導致的敏感並沒有因為塗了含類固醇的藥膏而好轉，反而更明目張膽，爬到臉上去。

Imma 帶我們穿過熱鬧的人群，走到一座老房子，就是她辦公的地方。她是旅遊局的公關。這所房子地窖擺設了有關這城的展覽，穿過地下的花園走上石樓梯，就是她辦公室，我們沒有走進去，但可以想像從房間偌大的窗戶望出去，就是分隔新舊城的一道河，河的對岸是新城區，Imma 的男友，那位漫畫家 Josep 就住在對岸。

第二天我們約了到 Josep 家晚飯，四時多開始散步過去，未到五時已經在酒香中談笑風生。Josep 不大會說英語，絲毫不減我們的交流。

桌上都是 *Catalan* 的家常便飯，我也有幫忙準備的。切開番茄，狂野地揸抹在麵包上，原來已是不錯的小吃。

上帝旅行社隨手就把我們救離風雨，又隨手把我們放在陌生又熟悉的有點難以置信的境地。

從我家天台望過一條英皇道，的確可以看到我公司的天台，就像僅僅相隔一條河 *Josep* 就可望到 *Imma* 辦公室的窗戶。

Imma 和我同年，都是新聞系畢業，做了記者沒半天，一個去了做公關，一個去了做廣告，在商業世界中打滾。要愛情，也要麵包。

伴侶都是自得其樂的藝術家，當兩個女的孜孜不倦地聊，你看，兩個男的已經在呼著煙圈玩樂器，音樂果然是共同語言，漫畫也是。

Josep 與友人合著出書，以 *Catalan* 語言配合漫畫，說他們這一代的故事。*Catalonia* 在西班牙裡的糾結，跟香港與中國的複雜情意結相似，也不是一時三刻可以說得清。

廚房傳來香氣，*paella* 做好了。在平行時空裡，老公也愛做他的港版海鮮大鑊飯，在天台享用。

放眼的不是東九龍對岸的高樓大廈，也不是因無止境的填海而變得狹隘的維多利亞港，而是 *Lleida* 的舊城岸色。

此時此刻兩生花，我看著 *Imma*，標準的歐洲鬼婆；回看自己，標準的扁鼻東方女子，可是兩人卻在方方面面深深地連繫著，感應著對方的幸福，流露著「我明白。我明白。」的眼神。在這幾天之前，我們根本不知道有對方的存在。

這份存在感的重量，就像一個小米袋，輕輕的放在嬰孩的心口上，心就安了，人更定了。

我想像今天遇上的難題其實只是遠方的那個我遇上的難題，那我就可以更客觀、更無痛的去做決定了。

雞湯雞湯

媽媽經常囉嗦：「我苦口婆心，你就當我唱歌，將來你就知味道。」一個人正正經經跟你說話，你不當回事，就是當他唱歌，也就是當作耳邊風，左耳入右耳出。

我沒有什麼運動神經，一點也沒有；但意志，還是有一點點。走路，不是跑馬拉松，應該還行吧。我心裡有個底，狀態好走快一點，累了就慢下來，停下來，沒有什麼大不了。

可是呢，人，還是有心雄的時候，那個亢奮的狀態，讓你覺得自己可以征服全世界。剛起步的時候在 *Pamplona*，九月份，朝聖者還蠻多的。大家都議論著一天要走多遠，幾點鐘要抵達哪個鎮哪間 *albergue* 佔床位。

哦，是這樣嗎，那我也要拼咯。第一天，健步如飛；第二天，如履平地；第三天，大腿就投訴了，不是肌肉酸痛，而是大腿後筋生氣了。我想，可能是在適應期吧，再走一段就沒事了，誰知想走也走不太動。

上帝旅行社說，不要與身體對著幹。

那我們就讓身體話事。於是我們調節了步伐，在田野間小野餐，看著趕路人，互相一句 *Buen Camino*，大家都尊重大家的節奏。

羊群中，我們是散漫的那兩頭。但是，在某個點，我們還是會跟有緣的小羊兒相遇。在第五天就在一個小鎮重遇一起出發的德國男生，他第三天早上就扭傷了足踝，現在撐著手杖，看來要休息多一兩天了。

Camino 路上，身體需要走上一星期才找到適合的節奏，那個節奏，感覺應該是可以永續，而不需太花力氣的。

工作路上，我花了二十多年，也未真正找到。

第二次到 *Camino* 時，我跟夥伴開的小公司漸漸站穩了腳。承蒙客戶朋友的支持，算是生存下來。剛起步，沒生意怕沒生意；工作來了，怕人力少吞不下，又怕推了一次沒下次。

我的工作節奏，慢慢地跟客戶的時間表掛勾。本來要在九月份出走 *Camino*，結果推遲到十一月。這是個秋冬交界的尷尬時候，時冷時熱，時時雨。

身體又開始跟我說話了。

手腕上、足踝處開始出現像被蚊子叮咬的紅腫，有機會是床蝨，畢竟我們每晚睡在不同的床上。正所謂無名腫毒，只能推斷是某種過敏徵狀。鄉間的藥房因為淡季已經不怎麼開門，又買不到舒緩的藥，只好乖乖聽身體的話，慢下來，縮短行程。

上帝旅行社說，不要與身體對著幹。

回到香港，我開始調節我工作的步伐。我很幸運，有很可靠的拍檔不分彼此的分擔工作，雖然出差仍然是不可控制，但至少大部分時間，還是可以早睡早起，睡飽了去上瑜珈課才開始忙碌的一天。

到了第三年再走上 Camino，身體跟我唱的歌已經是激情澎湃。

11 月的西班牙踏入初冬，天氣很難掌握，山上大風大雨，雨雪不分。這趟疹子不再是逐少逐少的探頭出來，而是凶猛的以一大片一大片的紅腫佔據身上每一方寸。俗語說，腫過豬頭，我真的見識了。

身體以這麼激烈的方法要告訴我的是什麼？

身上紅腫，癢是癢，醜是醜，但無礙走路，可以繼續走的，我的意

志說。

慢著慢著，上帝旅行社說。

鄉間橫空的電線上，站著準備歸巢的小鳥，拖拉機粗暴的走過，樂譜上的音符突然飛走了。歌，還會繼續唱嗎？

我試過擦含類固醇的藥膏，口服敏感藥，甚至敗走巴塞羅拿出動購物治療，也都沒有丁點效用。

我一直以為被床蝨所咬，或是皮膚過敏造成紅腫，結果統統都不是。其實是身體累積了經年的勞累，再遇上濕氣風寒，以瘋狂爆發的疹子，發出求救訊號。

就這樣，我們又急轉彎，在一個小村莊住下來幾天。還是會走路啦，走附近的陌田小徑，找一條哲人之路，看看雲，散散步，然後回去做做飯。

拯救了我的是雞湯，我要說的不是心靈雞湯，而是雞湯雞湯。路上怎樣熬製雞湯？家廚自有安排。

一個鈦金屬的戶外煮食鍋子，1公升，電磁爐適用。它的蓋子其實也

是個煎鍋，一物二用兼超輕，完全符合 *UL Club* 的要求。預先準備好的小包藥材：淮山、杞子、桂圓各三分一兩。這些都是我家家廚出發前已經張羅妥當。

老火湯要熬製兩至三個小時，在 *albergue* 廚房怎麼好意思強霸一個爐頭這麼久呢？我們有想過帶個密封鍋或燜燒鍋，可是這個容量的一點不輕，要背在身上啊，要想清楚啊。

結果我家家廚用了 *100* 元台幣，解決了這個《百萬富翁》裡一百萬元的問題。

急——救——毯子。

這是一張面積很大、摺疊起來變得很小的錫紙，急救時為傷者保暖用的，重點是，它輕如無物。

在比較大的鎮，都可找到凍肉店或超級市場，那就可以買一隻雞腿，一片薑；豬肉就得看情況，能買到一小塊才買，否則連日趕路，多買了也不知如何處理。

好，萬事俱備，先出外吃個晚餐，待使用廚房的高峰期過後，就開始我們的浩瀚工程。

把所有材料洗淨，加進水中，大滾後慢火熬它大半小時，由於鍋子小，一定要看火，否則很容易溢瀉。

走了一天路的身體已經很想睡覺了，所以，還是快快熄火，然後火速用急救毯子，前前後後、左左右右的包綑著鍋子，一定要密不透風，這樣才可以確保熱力不流失，繼續炆煮；同時，由於我們要把鍋子放回房間，萬一香味外洩，那肯定造成世界大戰，所以密密實實是必須的。

就這樣，我們把急救毯子包裹安置在床下底，晚安。

天還未光，房間就開始默默的熱鬧起來，早起的人開始準備出發，廚房又進入另一個高峰期。大家都像喪屍一樣吃著早餐，老外們都喫著穀類燕麥、乾枯得像石頭的麵包，東方人（我遇到的都是韓國人）就捧著杯麵，只有一個年輕的荷蘭女子在煮東西，我忍不住要八卦她在煮什麼。

一包字母粉 *1，一大瓶牛奶，再加一大包的白砂糖，這是什麼鬼東西呀？

「Energy！」她認真的說。這樣就有足夠的熱量，中飯也不用吃了。嘩，

青春，果然無敵。

這時，我家家廚已經解封了急救毯子包裹。

慢熬之道，與正在翻滾的熱血，在同一爐上相遇了。

喝完雞湯，吃完雞腿，疹子慢慢消散，我們又再次出發。是實際療效好，是心理作用也好，反正我們成功驅逐了虛弱，煥發了精神。長路漫漫，這，才是最重要的。

因為雞湯的緣故，我們帶備了露營用的小鍋子，帶了鍋子，不如把爐具也帶上吧。帶上了爐具，那麼燃料呢？

第三次出發點是我們第二次的終點 León，一個大城市。根據經驗，Camino 沿途經過的舊城區一定有戶外用品店，所以第二天我們並未有馬上出發，而是在城中準備補給品。

這家店正好就在我們吃早餐的 cafe 往前走不遠的地方，當然這是眾裡尋它千百度、繞了很多路才發現的。舊城區一般都是以教堂為中

1　　義大利麵做成字母形狀。

心放射線式發展開去，用走路的就可以探索大街小巷，不看地圖胡亂走，也不看旅遊攻略，碰到什麼是什麼，說起來很神奇，我們需要什麼，路上總會出現什麼，甚至我們還未知道自己需要的，也會默默出現。

有了戶外爐具和罐裝瓦斯，我們就更自由了。有時遇到美景，想坐下來發呆一下，也可以席地煮一杯咖啡、一杯薑茶暖暖胃。畢竟秋末冬初了，不在走動時，還是會有點冷。

我們又怎會滿足於此。新鮮的農作物，每樣買一點點，農場雞蛋，買三兩隻，我們更期待可以走到一處絕佳勝景，開火野餐。

可是我們也沒有把握那片景色會何時出現。留意，剛才說的一點點食物，背在身上，那負擔就變得不那麼一點點了。好幾次打算放棄，決定就在這裡煮熟了它們作罷，最後也會柳暗花明。

馬路轉入小徑居然是一片大草地，旁邊有條小溪，小溪旁有木頭桌子，後面是一戶房子，想這必定是房子主人的秘密天堂，前方就是我們剛經過的鐵路。我們不管了，就這裡吧。

在溪邊嘩啦嘩啦地切切洗洗，火車轟隆轟隆的駛過。時光如梭，什菜蛋花湯、什菌山羊芝士奄列*1，配五穀麵包準備就緒。最簡單的美味，

最純粹的快樂，以前的我會說這是千金難買，現在我會說窮風流果真
快活。

於是，我們流動廚房的概念日漸茁壯成長，直到一天我們添置了 *Cutie
Wagon*，一切就落實了。*Cutie Wagon* 是我們來自瑞士的朋友 Marion 給
這個上菜市場用的購物車仔之封號，簡單來說，我們瘋了，買了一個
有輪子的購物袋，而且是西班牙設計及製造的。

有了 *Cutie Wagon* 這輛美食戰車，我們就更瘋狂了。蘆筍很鮮嫩啊，燈
籠紅椒是這裡的特產啊，海鮮呢……。

Cutie Wagon 堅固的輪子在路上為我們減輕了不少負擔，當然也有增加
負擔的時候。這一刻走在油柏大路，下一秒鐘隨時會變成崎嶇山路，
加上時而下雨，不時需要抱著 *Cutie Wagon* 大步走。

顛簸的路途上，*Cutie Wagon* 裡的雞蛋可能不保，卻保住了我們獨一無
二的自家 *Pilgrim Menu*。白焓麵包蟹、薑茸玉米粒煮墨魚，招牌雞湯、
排骨湯，哪怕是最乏味的杯麵，我們也伴以香檳燉牛仔尾。

---

1   煎蛋捲。

香檳是 *Airbnb* 主人送的，喝不完就入饌。隨遇而安，看手裡拿著什麼牌，就 *go with the flow*，看上帝旅行社要帶你到哪裡。

風動，景動，其實是，心在動。

傻人蘋果

一切都從我們摘了一個傻人蘋果開始。

一路上我們見到很多掉在路邊的蘋果，那些小小的、醜醜的，根本不會在市場買到的。

很多年前在書店看到一本書好像叫做《傻人蘋果》，講一個老農夫回歸最基本的方法去種蘋果，極花功夫，種出來的果實其貌不揚、產量不多，可是味道正派純品，這個年頭，哪有傻人要幹這樣的事？

掉在地上的開始腐爛，站在樹下等也不是辦法，於是我們心生貪念，用行山杖往樹上一挪，那傻人蘋果就掉在眼前。

可以想像當時我們的欣喜，我們巴不得馬上咬一口嚐嚐想像中的味道。

好端端的天氣突然驟變，居然下起雨來。我們狼狽地拿出雨衣，可是陽光又依然。

就這樣，上天一直跟我們玩遊戲。陽光跟小雨點眉來眼去，旁若無人的調情，也不顧大家的感受。有時風兒也不甘寂寞也要加入派對。

於是我們整天防曬的、擋雨的全穿身上，可汗水還是濕透上身。

走累了想小休一會兒，甫坐下拿出食物，雨又突然變得豆大。眼前還有上山下山 20 公里要走呢。

這是對我們受不住誘惑偷摘禁果的懲罰嗎？噢，放馬過來，太精彩了。

當然，我們也有不偷蘋果的時候。

剛走到 El Ganso，雨停了，疲倦的身軀像嗅到新鮮床單的香味，心情爽了，見到一個推著雜草的伯伯，高聲跟他招呼：Hola。老伯臉上的電車軌像沿著他的笑容伸展出來，靜好時光把他皮膚曬成蜜糖棕色，手掌暖暖厚厚的，握著我的小手 Hola、Hola 了好一會，仍然喋喋不休，就好像我們會聽得懂一樣。

老人家都沒有分國籍，就是喜歡聊天。第二天散步時再遇見他，在一間破房子前。他熱情地邀請我們進去，果然別有洞天。瞳孔稍過一陣子才適應過來，嘩，對我而言，那是個異想空間，對伯伯來說，可

是個陪伴他超過半世紀的夢想工場。

伯伯熱情地介紹著每件工具、每粒螺絲，哪些修理拖拉車的、哪些做木工的。地上擱著各式木頭，就看需要做點什麼實用的，還有木手杖，美美的全掛在牆上，都是他刀削的，每根形狀都不一樣，因為每塊木根本都長得不一樣。

他再引領我們往內裡轉，天井透來陽光，微塵在空中起舞，地上躺著一個老浴缸，浴缸內躺著綠綠黃黃的果子，*Apple*，他說，說著就帶我們穿過天井，走到後園。

那裡有三棵矮矮的樹，我說它們矮，是因為它們並沒有比我高多少。*Apple*，他又說。剛才的蘋果就是從它們摘下來的。他硬把幾個蘋果塞到我們手裡，多到甚至要掉下來滾到地上去。

我們一人拿了一個，向伯伯道別，然後坐在老教堂前，把蘋果在衣服上擦了擦咬了一口，回味著剛才雞同鴨講的溝通。這場日常的對話可謂超越語言，內容已經不重要，一切已經寫在那個蘋果裡，待我們消化後最終成為了珍貴的回憶。

Caja España

上帝自有安排

上帝旅行社沒有美食地圖。上帝也不認識米芝蓮,所以,沒有必須要幾個月前先訂位的壓力。

在香港行山途中,總會有些時候想吃菠蘿油*1、喝杯熱奶茶。在 *Camino* 途上小店歇腳,一定來一客 *tortilla* 這款西班牙奄列。把薯仔在鹽水稍微煮軟,再切片,在生鐵平底鍋裡與蒜頭、洋蔥一起慢煮,再倒進蛋汁,慢火煎煮 10 分鐘,最後放進烤箱烤一下,一個美如蛋糕的 *tortilla* 就完成了。

切大蛋糕一樣的把它分切,就是一道地道小吃,儘管叫它 *tapas*,放涼了,灑一點黑椒,或是甜紅椒,更美味無窮。走累了,一杯咖啡,一小份 *tortilla*,就給我們滿滿能量。

猶記得小時候,我們吃雞有雞味,菜心有菜心味,薯仔有薯仔味。那絕對不是廢話,現在我們吃到的很多食材都是索然無味的,雖然它們都長得漂亮。

能在自己土地上種出樸實的美味，是香港人羨慕不來的美事。一整條
Camino 上，我們會走過不同的地區，遇上不同的農作物。夏天時太陽
花田很壯觀，可是我們未及見識；秋天時玉米也不是季節，一望無際
的枯黃，感覺有點像電影《Interstellar》的淒滄。

倒是在第一次到訪的九月份，趕及葡萄的豐收，我們經過的 Navarre
省、Rioja 省都有不少葡萄園，對於參觀酒莊這等時尚潮流，觀光旅行
社可能有蠻不錯的安排，上帝旅行社呢，卻會安排你在轉角就碰上一
家貌不驚人的釀酒窖。

陽光下探頭進去，陰陰暗暗的只意識到橡木桶混雜葡萄汁的香氣，突
然間肩膀被孔武有力的大手掌拍了一下，轉過頭來，見一個穿著水靴
的大叔，嘰哩咕嚕的高聲說了一堆西班牙語，幸好飽歷風霜的臉上掛
著秋日陽光的笑容。反正我們只能一句到尾，就 hola 一聲。這可不得
了。握過手之後，他就消失了，剩下我們倆傻傻站著。

到他再從暗處走出來，已經手拿著三杯紅酒。新鮮從木桶倒出來的，
粗糙的、狂野的、原始的味道，伴隨著來不及沉澱的渣渣，笑聲裡一
乾而盡，那豪情躍動在舌尖歷久常新。

我不太喝酒，但喝酒就應該是這麼回事。用心做好一件事，是藝術，
可藝術並非高高在上，日常滋味日日嚐，什麼品味象徵都是屁話 。

曾經參加過一個品咖啡課程，大家煞有介事的把咖啡含在口裡，再吐出來，清水漱口，然後說出那個味道的五百個層次，太匪夷所思了。大家都渴望可以重複製造一個經驗，什麼溫度的水，什麼的豆，什麼的泡沖法，什麼的工具，說這門是學問。可是把一切儀式去掉，回歸本質，最赤裸的真身，會不會更純粹、更可貴？

我想像日出而作的咖啡豆農，用一個大碗盛著粗磨的咖啡顆粒，把燒開的水慢慢倒進去，待顆粒末沉澱後，就大口大口呷著反映著朝陽的汁液甘露，然後開始一天的辛勞，這樣，才是我心目中的最高境界。

算了吧，這些不能重複的經驗沒法賣得好價錢。我們還是回到咖啡廳吃糕點好了。

秋冬交界，經常會出現在歐洲油畫裡的場面舉目皆是，光脫脫的田野上，躺著一卷卷的禾稈草，就像我愛吃的忌廉卷蛋盛載於一個手工陶藝盤子上，美不勝收。

我們經過的農田大多被收割了，只留下乾枯的紋路。我相信世上有一

---

1   港式茶餐廳經典食物，菠蘿包夾牛油。

隻頑皮的手，正隨興之所至，不動聲息，以指尖溫柔的掃過大地。沒有人見過他，但只要站得夠高、夠遠，你就有緣欣賞到他這幅看得人目瞪口呆的傑作。

娘家的味道

早上開步走之前的程序大概是到街坊 *bar* 喝杯咖啡，吃片多士或餡餅，然後小暖壺多盛一壺咖啡，大暖壺裝盛熱開水泡一壺綠茶，路上享用。

人放鬆了起得特別晚，中午才衝進一間街坊 *bar* 找吃的。老闆是個大塊頭大叔，完全聽不懂英語，也聽不懂我半鹹半淡 *1 的西班牙語。

坐在 *bar* 檯看報紙、官仔骨骨 *2 的西裝男幫我翻譯，旁邊兩位戴著寶石耳環的靚太也報以微笑。

這裡的裝潢大概是六、七十年代至今沒有動過，除了廚房的電磁爐。櫥窗還擺放著陳年威士忌酒辦，麻質通花窗簾，花麻石磚地，珠簾分隔廚房和客廳，大部分時間都是挽起的，客人就直接走進廚房看看有什麼吃，感覺像回娘家一樣。

大塊頭大叔是這裡的大廚、侍應、靈魂。他不大熱情，有一句沒一句，但大家就愛在這裡打躉 *3，或者經過時探個頭來打聲招呼。

他的東西也沒有特色，就是家常味道，跟他買一份餡餅，份量總是別家的三倍。也是一般的吞拿魚、*chorizo* 口味，但餅皮做得恰到好處，所以我們總喜歡叫它做天掉下來的餡餅。

他的 *pasta* 做得很爛，明乎其實的爛，跟 *al dente* 相距甚遠。小時候放學回家吃爸爸早上煮好下午翻熱的腸仔七彩螺絲粉就是這個味道。

他不理我們坐多久，反正客人也不多，自顧自的在廚房小桌搓麵團準備烤明天的餡餅。他強而有力的手三兩下功夫就搞定，再看看鍋內的 *lentil soup* 好了沒有。

我們起身要走了，他還要幫我們弄壺外帶牛奶咖啡，啊，當然沒有拉花，三、四十年前根本沒有拉花這回事。

1　不正宗。
2　斯斯文文，西裝筆挺，一副紳士的模樣。
3　躉，結實的基礎，像門躉，橋躉。打躉，就是長時間停留在一個地方。
4　急躁的意思。

要幹嘛？

上帝旅行社當然有它的安排，但有些事，總得請 Google 大神幫助，比如下一目的地，哪裡有肉食店。還有，哪裡有帶廚房的住宿地方。

下雨下得太兇的時候，我們會住進旅館，旅館沒有廚房不要緊，反正累得要死，就往餐廳去好了。

風和日麗的日子，走得輕鬆，早早收兵的話，我們會想煮個飯煲個湯。提著購物袋外出感覺像走在死城，喔，忘了 siesta 時間。

這些急也急不來的時刻，對我這種急燒煲 *4 性格是個很好的修煉機會。店的外面就是公園，公園裡有個植物迷宮，走進迷宮深處坐在長櫈上，修剪成迷宮一樣的植物，居然出奇的柔軟兼具承托力，穩穩地背靠著它，我就可以伸展一下酸軟的大腿肌肉。

狗尾草長得高高茂密的，微風吹過輕輕的抖動，想起家中老貓老在睡覺，叫牠牠也懶理時尾巴會微微的抖一下應你一句：幹嘛？

我要幹嘛？只懂衝、衝、衝的我被迫停下來，好好的問問自己。

恩賜

記憶中冬天的味道都是炒栗子的味道，賣栗子的小販都是夫妻檔。

男的拿著鐵鏟翻炒鐵砂中的栗子，叮叮噹噹，翻起的香味就是最佳的招徠。女的在理汽油鐵桶內的燴番薯，紫的、黃的，買一個放在手中就是最好的暖手器。熱呼呼的不能馬上放進嘴裡，左手右手來回拋幾轉，掌心暖了，番薯溫度也適中了，簡直人間美味。

可是我從來未見過栗子在樹上長什麼樣子。村內的老夫婦在屋外整理的果子有點像是栗子，這裡一定有栗子田。其實我也不知道稱作栗子田是否恰當，反正先這樣吧。

一直走一直走，葡萄田沒有那麼成行成市時，開始見到零散的果樹。再走過這個鎮，景色開始不一樣，我們要上山了。

之前好一大段 *Camino* 都是走在平原，有時走在公路旁，其實有點悶。往山上走，我喜歡。

可是一路上斜一路上斜，還讓人活嗎？我唯有專注呼吸，低頭發現地上都是青青褐褐的、毛茸茸的長滿尖刺的果子。這就是栗子了！

抬頭一看，這棵栗子樹王有著粗的主幹，一層一層的伸展出它的枝葉，有點像香港常見的木棉樹。

結果後的栗子樹，葉子都枯黃了。果子散落路上，像海膽的外殼自己爆開，露出了兩顆飽滿的栗子。

大自然的設計很奇妙，有刺的外殼打開了還要有個硬殼，都打開了還要生個火烤熟才嚐到美味。

相較之下，它的孖生兄弟海膽哥就比較慷慨，你有辦法打開它防衛力甚強的殼，它就馬上獻身，任由發落。

這是我們中午坐在栗子樹下野餐的一個頓悟。噗通！一顆果子掉下。當年牛頓若然坐在栗子樹下被這尖刺殼打中，頭皮被針灸一下，說不定有更多發現。

我們一路走在栗子田（對，種了很多栗子樹的栗子田），一路想著路上如何讓栗子入饌。栗子蛋糕有點難度，一碗栗子雞湯倒可以吧，於是我們撿了六粒栗子，珍而重之，謝謝大地的恩賜。

朝聖也血拼

我在說放下放下放下，我都想斷、捨、離，可是我也只是個女人。

好天，買鞋；下雨，買鞋；心情好，買鞋；心情不好，買鞋，無論你
有多不同意背後的理念，但也不能否認這段廣告文案的確很有洞察
力，而且會像魔咒一樣窩藏在你心底深處。

每次走完 *Camino*，我們都會待在馬德里沒事幹四圍望。當然，最後都
會演變成 *shopping*。

究竟一個女人要擁有幾個包包、幾雙鞋子才肯罷休？

英明的老公不會問這個問題，正如英明的老婆也不會問：究竟一個男
人要擁有幾部 *gadget* 才肯罷休一樣。這是國際和平公約最重要的約章。

走進一間小店，賣西班牙手工包包，是我的風格啊，而且價錢合理，
最重要是小品牌，值得支持啊。

慢著慢著，我已經有這麼多包包，為什麼還需要多一個呢？

這個橘紅色的，你沒有啊。

但這個款，不能放電腦呀。

對啊，找個大一點的，去。

嘩，那邊還有很多款呀。這個好，夠大，出差用，最好是它有拉鍊，不會掉東西。

拉鍊多，易壞，累贅，也不好看。還是剛才那個橘紅色的好。

那個文青款只適合週末用，買這個大的，上班、出差都用的著，比較划算。

好吧，就買這個吧。

可是，慢著慢著。我已經有這麼多包包，為什麼還需要多一個呢？

好吧，不買不買，拍個照，當成已經擁有。

可是，你經常出差，一個大包包是實際的必需品，並不為過。

明天就要離開了，難得遇上心頭好，要不把橘紅色的也買下來吧，免你後悔。

於是，我徘徊於買與不買，買這個還是買那個，買一個還是買兩個的十字路口上，寸步難移。

掙扎了良久，我只有一條出路：「老公，你說呢？」

老公像個被嚴刑拷問了很久的犯人，這時被大光燈往瞳孔一照，簡直再無招架之力，於是支吾其詞：「兩個都好兩個都好，我送給你我送給你。」

「不是喇，我不是要你送給我，我是要你給我意見。」

男人永遠不會明白當中微妙的差別。

結果，我買了出差用的拉鍊包包。

當天晚上，我在收拾行李，不斷地惦掛著那個橘紅色的包包。你不需要這個包包、你不需要這個包包、你不需要這個包包、你不需要這個

包包，心裡越唸越念記著它。

「老公，其實明天也不需要太早出發去巴士站，還夠時間去買點手信。」*1

「買手信，買什麼手信？」

「我想……我想……最後衝刺去買那個橘紅色的包包。」

老公掃來一個料事如神的微笑。

店鋪就在我們住的地方附近，翌日十時正，我們背著所有行裝走到店前，老公放下背包說：「我去買，你就在這裡等我。」

我也放下了背包，說：「不用了，我去買，很快。」

我衝進店內，第一時間找到了那個橘紅色的包包，正要付款之際，眼角居然瞥見另一個昨天沒有留意到的橘紅色的包包。

步出店時老公剛抽完一根煙，一根煙的時間，沒多沒少。

「買好了？我們走吧。」

「老公，我沒有買那個，我買了另一個呀。」

「女人，你太難捉摸了！」

西班牙的經濟這麼差，我們明年再來，再盡綿力拯救啊！老公說著，就拉著我往機場巴士站狂奔。

我們有了藉口翌年再來 Camino。

說到血拼，我以為遠離大城市、深居鄉下就免疫，我太天真了。

小鎮上的這條街是朝聖者必經之路，我們已經累得不成，剛經過的 albergue 要不是人滿之患，我們也不會往前走，發現這個簡樸的民宿小天堂。

經歷了一天大雨洗禮，要洗個很熱很熱的熱水澡，才可回個神來。

我拿著這堆濕透了的衣服走到旁邊的士多找女主人。士多明亮溫暖，雪櫃裡有芝士、火腿，紅酒木箱裡擺放著各式基本的水果蔬菜，滿滿的日用品，沒有花巧的東西。

---

1   伴手禮。

穿過士多就是洗衣房，可是，短短的通道上卻是女主人手工作品的展場。原來女主人是個 *maker*。

所謂展櫃其實也只是簡單的木架，擺放了她閑時手作的首飾、布藝，還有毛衣，以及配襯的頸巾。

女主人從洗衣房鑽出頭來，拿走了衣服，雖然她不懂英語，我也知道她大概說：洗衣、乾衣，三個小時後就好了。

三小時？夠了，夠我試穿試戴這裡的寶貝了。於是我就拿起了一件毛衣，老實不客氣地試穿了。

女主人個子小小，一頭束起的曲鬈銀髮，一條黑裙子，一件粗冷 *1 毛衣，笑起來時臉泛梨渦。

她們一家人經營了這間民宿和街前的 *albergue*。夏天 Camino 帶來的生意很火熱，有時忙得不可開交；冬天時這裡會下大雪，她們就會關門過冬。我們可能是今年冬季前最後一批接待的客人了。

冬天沒事做，就找事做。房子旁邊的車房就是她的 *studio*，放著各式古靈精怪的配件，她會畫畫、車衣、編織毛衣，這個秘密花園，是她釋放創意的地方。

衣服果然是女人的共同語言，我們一句英語也沒有說，就在我試穿的時候，我們居然聊了這麼多。

她編織的毛衣跟她經營的民宿感覺很相似，簡單樸實，驚喜卻在細節裡。灰花色毛冷 *2，最基本的編織法，毛衣只有一顆鈕扣，驚喜卻在下擺，稍微的往外寬，很輕微很輕微的，那是為什麼看似簡單，穿在身上就是不一樣的細節。

她幫我整貼膊位，這樣下擺的細節就更為明顯了。

就在這個時候，一個穿著 *roller skates* 的小女孩衝了進來，撲向女主人。小女孩穿著粉紅色的小冷裙 *3，然後，穿著同系列深紅色毛衣的女子也走過來湊熱鬧。一看而知，三代同堂。

眼前站著一個個溫暖的擁抱。無華的愛，是永不過時的時尚。

曾幾何時，我們也以溫暖牌毛衣、頸巾為榮。在什麼也講求效率的今天，手藝變成了美好的過去。

---

1   粗毛線。

2   毛衣的毛線。

3   毛線裙。

我放下毛衣，穿回自己 *ultra-light* 大量生產的羽絨外套。

我的行裝不可以超過 4.5 公斤。

雨後陽光出來了。我們喝著咖啡，看著在微風下曬晾的斗篷。

要不要多住一、兩天？

好呀（潛台詞：我想再考慮要不要買那件毛衣）。

臨走的一刻，按照人物的性格，劇情的推進，我當然買下了它。

老公接過了這件毛衣，呆了。

「老闆，它淨重 1.5 公斤耶。」老公對我說。

我回以一個會心一笑（哈哈，我覺得心頭好，難免要付上沉重的代價）。

只見老公二話不說把它放進我們上菜市場用的購物車仔 *Cutie Wagon*，然後，我們就帶著這份重重的愛，繼續浪跡 *Camino*。

30 年前香港的朝聖路

「我都識講少少廣東話㗎！」*Fiona* 字正腔圓的廣東話的確馬上破了冰，正確點說是把我們嚇得目瞪口呆，並且轉換了大家當時納悶的心情。

太陽兇猛，我們正爬上山城途中，陡斜路上的碎石總像拉著你的後腿，叫人沮喪。

在 *Camino* 路上的東方臉孔已經是少數，更何況是來自香港，對來自蘇格蘭的 *Fiona* 來講，居然有點他鄉遇故知的感覺。

逆光下，魁梧的身形加上凌亂的金色短髮，*Fiona* 活像一頭金毛獅王。

我們瞪着眼呷著水 *1，在猜 *Fiona* 在香港時的工作。二、三十年前英國人在香港都是教師、律師、商人，還會是什麼？公務員？

「*I worked with drug addicts.*」她說。

等等，不明白。「我是在九龍城寨，幫助黑社會吸毒者戒毒的。你知道九龍城寨嗎？」

九龍城寨是個三不管、黃、賭、毒的傳奇。早年它已經被移為平地，我們都沒有真正踏足過。

「*Shall we continue?*」Fiona 揮動著行山杖指向山上，然後，我們就慢慢的繼續我們的 *Camino*。

飛機像老鷹一樣俯衝，靈巧地滑過窄窄的街道，兩旁的樓房像小盒子疊起來，一個一個盡是故事。一切都陌生而且新奇，*Fiona* 下飛機的一刻，根本不知道該對這東方小島有什麼期盼。

「那年我初出茅廬，越洋過海，要來拯救世界，結果第一個任務已經把我嚇倒。

我要洗茅廁，就那麼一個洞，所有人都在這裡解決。所謂所有人，就是正在戒毒的弟兄姐妹，他們吸食海洛英良久，在戒的過程中，口水鼻涕嘔吐物排泄物，百花齊放色彩斑斕，哈哈，我居然沒有昏倒，我真不賴。」

Fiona 上山特別辛苦，先天性的糖尿病令她一直都要依靠藥物。小腿肌

肉時不時抽搐，狂痛難耐，平路還好，上山下山才要命。

我們每隔一小段路就小休一會，我就會央求她講故事分散她注意讓她暫時忘記腳下的痛楚。而發酵了二、三十年的經歷即使再苦，也都付笑談中。

「我跟著廚房的阿賢去市場買菜，嘩！現宰田雞，斬了牠的頭還在活生生跳動。每一檔口 *2 都是一場文化衝擊，反正食物概念跟我有生以來的認知都不一樣，而當時我連一句廣東話也不懂，現在回想起來，也有點超現實的感覺。

中心不受資助，捐款也有不穩定的時候。日子不好的時候，我們每天豉油撈飯。也會到海邊摸蜆釣魚，可是技術有限，不足以充飢。日子好的時候，廚房裡會有一個大豬頭，好震撼。我們開始有肉吃，我還吃得津津有味。

後來，我跟阿賢聊起這事。他說拿著這麼丁點錢要餵飽這麼多張嘴，要想點辦法。那天，我就跟著他去買菜。

1 　　小口小口的喝水。
2 　　菜市場裡在賣不同東西的小商戶，也就是在賣東西的大排檔。

黃昏天還未黑齊，岸邊已經燈火通明。大陸的小船絡繹不絕，陸陸續續泊岸，叫賣各式各樣的走私貨：日常用品、柴米油鹽、甚至肉類。

這個是什麼肉呀？

汪！汪！

我心裡一沉。以後學懂了不問吃的是什麼，反正有什麼就吃什麼。」

置身那個年代，也只好放鬆自己融在那個年代裡。

我們又停下來，看看地圖。

路還遠呢。

陽光雖然猛烈，但風也大，路上停下來不一會就有點冷。繼續走，故事繼續。

那是平常的一天。Fiona 如常的和大夥兒沿著石級走到大屋後的無名石灘，二話不說就投奔大海裡。海水特別清澈，陽光滲透到海床嶙峋的岩石上，就連石縫隙長出的海藻也格外鮮明。海水有點清涼，皮膚每一吋都長了雞皮，增加了表面積好像增加了失熱的速度，Fiona 不自覺

地越游越快。

游過對岸，大概需要三、四十分鐘，但今天，*Fiona* 卻感覺經年。清澄的海裡沒有魚兒的影蹤，半條也沒有，腦裡浮起了不祥之兆，心寒起來。

鯊魚。

大夥兒坐在岸邊，如常地說著笑，*Fiona* 卻打由心裡震出來，連牙關也打震。一個無從證實的感覺，要怎樣說出來？說了出來又怎樣？還不是要震騰騰地游回對岸？還是不說為妙。

有宗教信仰的好處是，你總有信靠。*Fiona* 把心裡的話在心裡跟上帝好好說了。然後若無其事，噗通一聲跳進海裡，跟大夥兒游回去。

90 年代香港連番發生鯊魚襲人事件，二、三十年後的一天我可以和 *Fiona* 相遇，她的上帝功不可沒。

Fiona 拖著沒有被鯊魚噬去的大腿，步步維艱的繼續前進。

「那段日子幾乎沒有薪水，只是象徵式的每星期發津貼，津貼大概也只夠吃碗麵、坐趟巴士、坐趟船。所以我的休假天通常都是在海灘上

度過的，曬曬太陽游游水，不花分毫就愜意地過一天，多好。

有時，我和朋友也會出外走走，優雅地過一天。

我們會穿上最好的衣服，這樣很不容易，因為我們的衣服都是民間捐贈的，香港人個子又比較小，要找到合身的一點也不容易。

我們會坐小輪先到中環，再走路到一間五星級酒店，好像是『富麗華酒店』，我記不清楚了。

推門而進，噢，冷氣！是冷氣！

我們會忍住狂喜的心情，假裝若無其事，優雅地走進大堂，找個不會太顯眼的沙發坐下來。

餐廳傳來清脆的碰杯聲、人們歡愉的吟笑聲、皮鞋踏在地毯的微細低音，混在面目模糊的大堂背景音樂裡，都能稍微舒緩我們的思鄉病。當然，有錢到餐廳午膳對舒緩思鄉病情更有效，但我們不敢痴心妄想了。

我們就這樣安份的坐著，拿出明信片，把思念都寫在上面。那時候的明信片，都是維多利亞港的帆影點點、從山頂高處望過對岸的景色。」

「噢，三十年後的香港變化很大，你再到訪，可能也認不出來。你最熟悉的城寨已經不存在了。聽說城寨在日本成為了一個主題公園，真的有點虛幻。」我對 *Fiona* 說。我們繼續在泥路上走，陽光把夜雨聚積的水氣慢慢蒸發，連髮尖都沾上了草青的氣味。

Fiona 繼續講她的故事。

「我們也喜歡躲在 *ladies room*。那裡有梳妝臺，臺上放了瓶香水，我們就對著面前魔鏡，在手腕上、耳背後輕輕的噴上魔法，然後沉醉在那個自己製造的世界裡。」

哈哈。大家都有少年十五二十時。

「這是我和我朋友之間的秘密，一個沒有其他人知道的儀式。

有一次我的朋友坐小輪出中環時被幾個流氓調戲，幸得一個中年老外解圍。他們就開始攀談起來。」

「妳從哪裡來？妳要去哪？我們一起走。」老外說。

他們一路聊天，一路走到酒店門前。

原來⋯⋯

這個中年老外⋯⋯

正是這家酒店的經理。

「從此，我們再不好意思踏足這家酒店了。」Fiona 笑著說。

不過，故事還有一條尾巴。

「那年冬天，我們獲贈了不少二手寢具、棉被，那些都是來自『富麗華酒店』。」

這幾天一直和 Fiona 斷斷續續的相處。遇到稍有挑戰性的路段，Fiona 會直接坐車跳過，不要緊，反正我們總會在路上重遇。

你相信奇蹟嗎？我相信。

我們再遇上的時候就在這個古城。

Fiona 從兩歲開始就有糖尿病，身上掛有小裝置釋放胰島素。要帶備幾個星期的醫療補給背在身上實在有點沉重，所以她會使用托運服務，把後備的包包從所在小鎮運到下一個目的地。

可是托運公司只能送到私營 *albergue*，不能送到市立 *albergue*。而私營 *albergue* 多的是，也只有隨便填一個。

但萬萬想不到，她隨手填寫的那 *albergue* 已經關門。

那 *Fiona* 的包包被送到哪裡？

上網找不到他們的電話，事實上星期天所有店鋪都關門。我們在盤算該怎麼辦。這可能是我們到達終點前的最後一個大城，要找像樣一點的藥房配藥，就要在這裡多停一天。

古城裡大部分 *cafe* 和 *albergue* 都集中在這條街，我們就試試逐家逐戶找吧。

我們從一家 *cafe* 開始，店主毫無頭緒，我們再往對面的旅館，旅館也沒有開門，沒辦法，淡季嘛。

剛把車停好的一個當地人看見我們兩隻盲頭蒼蠅，主動走過來幫忙，用盡他的英文與我們溝通：*municipal albergue*、*yellow box*，大概是提議我們去前面的市立 *albergue* 問問。我們謝過好心人，心想：朋友，不可能的，托運公司標明不會送行李到市立 *albergue* 的。

不過，儘管試試吧。見到 *albergue* 前黃色的郵箱，就走進去問問。當然沒有，那位女士好心地指向我們剛經過的另一間 *albergue*，我們唯有再跟著走。

也沒有抱太大期望，可一問之下，主人反應很大，馬上跑上樓，抱著一個包包下來。

是它了！就是它了！所有藥品都在。

我們喜極相擁，回頭一望，剛才竟然沒有注意到，整座方方正正的 *albergue*，根本就是漆上了亮澄澄黃色的一座 *yellow box*。

小黃

濕漉漉的付了每人 10 歐羅的宿費，爬上木樓梯，這座木建的 *albergue* 一望無際都是上下舖。被 100% 的濕氣籠罩著，氣壓低得讓這裡的人都垂著頭。鑽進濕冷的睡袋，呼吸著千萬個朝聖者腳下的味道，沉重、混亂、無言。

路上太多時候想要一走了之。

可能是出於不滿、不安、不爽，像現在置身的香港。

也可能什麼都不是。

跟旅伴走的路越長，越發現某些時候相對無言也是健康的情況。人，的確需要獨處的時候。你可能不是在努力想什麼，而是什麼都不想，讓腦袋理清它需要整理的東西。

一條路，一個走前，一個在後，誰也不打擾誰，但你知道有個人在不遠處守望著，你可以放心放空繼續走，這樣平衡的狀態，是確幸，不

小的那種。

直至平衡被擾亂，噢，其實也是另一種確幸。

吃早餐的時候，牠已經纏在我們腳下。以為牠餓了，給牠麵包牠又不吃，只是笑咪咪的守在旁邊。小店的老闆娘氣沖沖地過來驅趕牠，她說這頭狗是從另一個鎮跑過來的，那鎮不在 Camino 途經的路線，沒有遊人，想牠必定喜歡熱鬧。

這頭狗狗我們叫牠小黃吧，杏黃色的短毛，豎著耳朵，像我們在香港常見的唐狗 *1。唐狗在香港的命運坎坷，大家都喜歡番狗 *2，多可愛，唐狗多在建築地盤看門口，樓房建好後，牠們和牠們的子女就被遺棄，在愛護動物協會靜候生命的倒數，氣數未盡的才有機會被人領養，快快樂樂地活下去。

小黃正襟危坐在對面的屋簷下監視著我們的一舉一動。我們動身起行，牠也站起來了。我們開步走，牠也不慌不忙走起來。

我停下來綁鞋帶，趁機回望一眼，小黃也停了下來，被我發現，有點不好意思只好別過頭來裝作無知。

我倆不動聲色繼續走，小黃跟在不遠處，就這樣成了三人行的狀態。

快要走出鎮外，我們不得不一臉嚴肅的跟小黃說：「你還是先回去，我們要去很遠的地方，你會迷路的，快回去吧。」

小黃像聽懂聽不懂的傻笑，然後又好像沒有聽過一樣的跟著我們走。也拿牠沒辦法，路一直都在，誰愛走在路上就走在路上。

漸漸地我們也鬆懈了，任由小黃走在我們身旁。有時牠會走得比較快，在前面撒泡尿尿留個路標，然後又往回走找我們去。

走運的是沒有下雨，微微飄著雨粉大家已經不當回事。我們就走在大路旁的行人路，主觀上覺得這比山路好認，小黃回來時也好走一點。

路上也遇到別人遛狗，一頭大狗兇兇的在對面馬路狂吠，小黃也是氣定神閒的躲到我們身後往前走，不亢不卑，哪怕天要塌下來。

沿途大家一言不發，習慣對方的存在同時又忘記了對方的存在。這樣很好，被擾亂了的平衡再一次找到平衡，又可以安心地讓腦袋整理它需要整理的東西。

---

1   唐狗是中國犬種的總稱。在亞洲地區唐狗起初是指混種狗。

2   外國（番邦）品種的狗。

直至我們要進城。比起之前的小鎮，*Ponferrada* 是個不小的城市，起碼車來攘往，過馬路要看紅綠燈的。

小黃必須回家了，我們鄭重的跟牠說再見。牠依然沒有聽進心裡，依依不捨地纏在腳下。我們好不容易找到機會鑽進一間 *albergue*，傻小子被大城混沌的味道弄糊塗了，站在迴旋處不知如何是好。

躲在門後的我好想衝出去說再見，老公說還是給大家空間，適應離別的情緒。

待我們再往外望，小黃已經不在那裡了。兩個世界本來無關的生命就這樣交疊了幾個小時，偶而想起，或許這就是繼續走下去的理由。

教堂眨眨眼

歐洲的教堂花多眼亂，走馬看花式參觀，其實很對不起建築的美學，更重要的是，打擾了對神明的尊敬崇拜。

走在 *Camino* 路上，每個鎮，再少人口也會有一座教堂。小鎮的教堂最簡樸可愛，說它可愛一點不為過，因為它有一雙大眼睛。每間教堂的頭形都不一樣，有尖的，有圓的；可是眼睛，都一樣是通心拱形的，每邊眼珠各是一個大鐘，每半小時報時用的。

教堂笑看著小鎮的興衰，見證著朝聖者的熙來攘往，一雙明眼，笑出爽朗的鐘聲。

在單調乏味的路上，一聽到這些悅耳的樂聲，就知道文明離我們不遠矣，很快就可以坐下來歎杯咖啡。

有時大鳥會在大眼睛上築巢。精密編製的巢上沒有大鳥的蹤影，枝葉垂在眼眶，倒有點像黏了假睫毛的明眸，準備在晚上派對裡電倒眾生。

有時夜闌人靜，遠遠見到它發亮的雙眼，感覺像宮崎駿的貓巴士就停在那裡，隨時準備接我們繼續上路。

每間教堂傍晚時分都會舉行彌撒，我們參加過一場，雖然不懂西班牙語，經過十多年的教會學校訓練，還是可以跟得上程序，最後神父把一眾朝聖者邀請出來（我們是一群穿 *Gore-tex* 外衣、*Gore-tex* 行山鞋的怪物，很容易被認出來），在我們頭上灑上聖水，代表對我們的祝福。我們低頭領受，再抬頭時已精神爽利，肚子咚咚作響，感覺可以吞下一頭牛。

有時候我們投宿的地方本身就是一座老教堂。如常地我們都是最晚抵達的一批朝聖者，推開厚重的大門，踏過門檻，再撐最後一口氣爬上旋轉石階，嘩，一望開闊的是個偌大的飯廳，橫陳著兩張老舊長木桌，人們開始就座，有點像耶穌與十二門徒最後晚餐的氣勢。

廚房裡叮叮噹噹原來早到的朝聖者正在做義工，幫忙洗洗切切，準備晚餐。另一邊廂，有人打開三角鋼琴彈奏起來，我們兩個後來者就幫忙端碗碟。

不一會主持人就敲響了手上的酒杯，開始領禱，感謝上天賜我們這樣的一個機會，五湖四海聚首一堂，更重要的是感謝上天賜我們食糧。一大鍋一大鍋的熱湯端上，一眾餓壞了的靈魂都乖乖的、像輸送帶一

般遞上湯盤，盤子上的麵包山，瞬間被移平。

沒有多餘的調味，沒有客套的寒暄，大家都百分百沉醉在食物的原味裡。用心把事情本身做好，就是正正派派的味道，其他的都只是錦上添花。

飯後我們收拾好碗碟，就隨大隊沿旋轉石階再爬上一層，拐進教堂的閣樓。斜斜的屋頂下，我們把疊在一起的地舖拉出來，各自盤據一方有利位置，憑欄望去是大祭台和背後色彩斑斕的玻璃窗戶。

我們就在這樣莊嚴的氣氛下鑽進睡袋，空氣中瀰漫著糾纏不清的氣味：穿了三天的臭襪子、薄荷牙膏、舒緩肌膚酸痛的桉樹油、髮邊沾上的尼古丁、忘了放在背包裡的羊芝士。

燈關了，大家都鴉雀無聲。我聽到在我背後不遠處有人從睡袋鑽了出來，然後吹起了口琴。樸拙的旋律，縈迴教堂的空間，繞過每一根柱子盪回耳邊，人隨音樂浮遊，因為言語已經不足以表達這一刻的感覺。

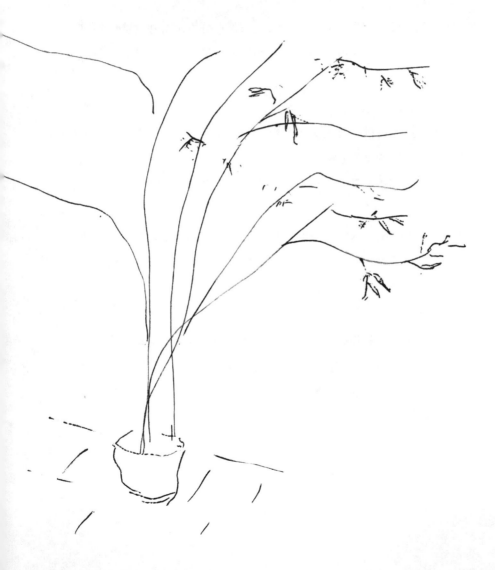

People Make Noises

Camino 路上開了一些新的 *albergue*，型格的 *1、裝潢簡約的，感覺就像住進了無印良品的示範單位。

簡潔整齊，一塵不染到一個地步，令人渾身不自在。下了一整天的雨，踏了一整天的泥濘，然後走進這個完美的空間，問題就來了。地板上的腳印，不好意思。斗篷抖下的水點，不好意思。

我們入住得比較晚，大夥兒已經洗好澡，躺在床上滑手機。每人床頭都有一盞小燈，除此之外，完完全全黑暗的。

我們要爬上上舖，在摸黑的情況下。由於是簡潔的設計，床並沒有圍欄。本想開床頭燈，可是又會刺到隔鄰下舖的人。動作也不敢太大，怕滾下床。摸到了插頭，插、插、插、插了幾下才插緊了讓手機充電。

小小的聲響，被簡潔的空間放大了好幾百倍。抖抖睡袋有聲，不好意思。暖氣乾涸咳了幾聲，不好意思。喝一口水有聲，不好意思。連輕輕轉個身，也不好意思。

晨早六點被枕頭下的手機震醒，老公傳了個短訊給我（對，他在我隔鄰上舖），說他已梳洗了在樓下廚房。我也趕快在大家起床之前盡情嘩啦嘩啦洗白白。然後，把東西拿出房外整理，要知道在那裡整理塑膠袋發出的聲音，就像嗡嗡的蒼蠅一樣討厭。

People make noises，好嗎？

一秒前溫柔的雨，打在一秒後路過的朝聖者的雨衣上，這僅僅一秒的干擾，造就了咚咚一聲，隨著他緩慢的步伐，繼續咚、咚、咚咚，咚咚咚……。

應有的感覺就應該有，不要硬被潔癖了好不好？

死賴不走

當風大雨大，大到一個無藥可救的地步時，我們就會像洩了氣的皮球，賴在一個地方好幾天。有時，這個地方會是一個大城。

我們租了一間 *Airbnb*，窩在裡面，開著暖氣，除了上超市買食物，哪裡也不想去。

偏偏這裡的露台就對著一度護城牆，牆內是個城堡。

反正就在旁邊，就去看看吧。在城門外看到瞭望塔，我們想，一定有位公主被困城樓，等著我們拯救。

進了城門，走到大庭園，可以想像這是基本生活的所在，簡單的菜田、牛羊畜牧，小孩嬉戲都在這裡。

城堡在 13 世紀建成，很多地方都是重新修葺的，意圖恢復原貌，算是相當成功，祕訣在於：野草。

野草是史前生物，沒有時性。在新與老的石頭之間長出野草，模糊了兩者之間的距離。

新建的圖書館與老建築也融洽相處，小小的石室裡擋了外頭的猛風，溫柔地透著清涼。這裡藏書不多，千多本吧，我也不知道是不是古籍。展示中的是一卷手繪的書籍，圖文並茂地說著宗教故事。

我當然看不懂文字，看著圖畫，畫風有點像漫畫，畫的大多是信眾在教堂裡聽道的時刻。老公脫下近視鏡仔細端詳，發覺每幅畫作的視點都從天花板俯瞰往下望，這位稍微高高在上，躲在幕後俯視著我們的人，到底是誰呢？

我們往舊城樓走，牆上有些奇怪的小洞，是呈楔型的窺孔。當年的弓箭手就躲在洞後發箭，洞口在外牆只有丁點大小，不易被發現，好殺敵人一個措手不及。

剛殺完敵軍走在城牆上，往回望時望到我們 Airbnb 的露台，想起廚房裡的雞湯，難免有點時空錯亂。

城牆就像一個四邊形，再走一小段，景致就從舊城看到新城，再繼續走，又回到舊城。

山上的霧氣開始消散，遠看山頂輕微積雪，山腳盤著一條村莊、一些農田；近看護城河畔人們穿著短褲在跑步，與世無爭。

我們沒有救出公主，但救出了兩個被大雨所困的旅人。

透透氣之後，回到就在旁邊的 *Airbnb*。雖然不是和主人住在一起，但總算住在人家的家裡，總不能失禮，所以我們都會保持整潔，甚至比在自己家裡整潔。

自己家裡，因為自己的慵懶，已經出現了很多「生活的軌跡」，比如堆積如山的未開封的信件，比如沙發旁未看完的書已經深深植根，比如吃完飯很累待明天才洗的碗已經堆積得像玩層層疊，比如因下雨天洗了的衣服來不及乾，骯髒衣服又堆滿一地，比如 *Boo Boo* 的貓砂盆已經堆滿黃金，香味四溢……。

在 *Airbnb*，這些狀況都不容許發生。我們是愛整潔的小學生，手冊上都蓋有小白兔印章。

我們甚至會把垃圾仔細分類。

在香港，垃圾分類並沒有做好，表面上有分紙張、金屬、塑膠、玻璃的回收，實際上只有第一、二類是真正被回收，其他的都只是門面功

夫，最後也是送到堆填區。噢，廚餘更不用說了。

在 *Ponferrada*，我們很容易找到垃圾回收箱。在馬德里，我們就沒有這個運氣。

我們兩個遊客，手拿著幾小袋分了類的垃圾，穿過大街小巷，不是要找什麼名勝，而是要找垃圾回收箱，想起來也覺得好笑。我們甚至問過在餐廳後巷處理垃圾的清潔工，雞同鴨講一番之後還是指示我們繼續往前找。到一個地步，我們得要放棄了，總不能帶著幾袋垃圾走進博物館吧。

唯有滿懷罪惡感地偷偷的把垃圾扔在博物館前的垃圾桶裡。

後來，對於一個地方的熱愛和認識，我們有了這樣的一個結論：入門級，找間好餐廳嚐嚐人家的地道美食；進階級，找個好市場找些地道好食材，自己煮一餐家常菜；終極級，熟悉他們垃圾回收的情況，這才是像一個當地人一樣生活的終極測試。

聽起來好像非常無聊，我們卻樂此不疲，窮追不捨，繼續打聽不同地方的垃圾回收情況，比如說在台灣。

我問遍了我的台灣朋友，要買什麼樣的指定垃圾袋，垃圾車會在什麼

時候出現等等。

終於有機會開眼界。黃昏遠遠傳來垃圾車的音樂，因為前天晚上在天
台開派對，垃圾多到不得了，朋友們一聽見音樂就拔足狂奔，拖著兩
三大袋藍色的塑膠垃圾袋衝下樓去，趕上每天稍縱即逝的傾倒垃圾的
機會。

我想像，每天響著音樂的這十數分鐘，可以與鄰居們碰碰面聊聊天，
比起我們住在冷冷的高樓裡的火柴盒中，真的更有人情味；也說不定，
鄰居中會有一個帥哥，跟你日久生情呢。

「對啊，穿著小禮服提著垃圾的帥哥啊，小姐，你想太多了。」朋友
一棒打下來。

無論如何融入當地生活，過客總是保留著想像裡的浪漫。回到家裡，
天天面對「生活的軌跡」就浪漫不起來。

這是人性的弱點，我們都不是聖人。

無事多相見

來自法國的兩位小帥哥靦靦腆腆的看過來這邊，我從未遇上過這樣年輕的朝聖者，也忍不住多望他們一眼，甚至，偷偷為他們拍照。

他們向我走過來，怎麼辦？年紀稍大的帥哥開口：「請問這個小鎮叫什麼名字？」我、我、我怎麼知道，好像 F 字頭的，於是我們就來看地圖，稍為暖身之後才開始話題。

他們一行四個家庭一起走 Camino。一個人開車，搭載行動不便或走得太慢的家庭成員。其他的成員就用走的，由於大家步速不一樣，每天就約在某個鎮作為終點。

我想像一切始於四個很要好的朋友，他們有愛有鬧，一起經歷了很多，感情好到用友情根本不足形容，感情好到即使各自成家立室，也約定要走在一起，哪怕每年只能一次。

如是者，從法國境內出發，四家人有老有嫩每年用一星期一起走一段路，今年在哪裡停下，明年就在哪裡再開始，就這樣，風雨不改，一

走，走了十年。

Camino 是一面照妖鏡，它會把你最美善的、最差勁的一面毫無保留的挖出來，對與你同行的伴侶是很大的考驗。這四個家庭沒有因此反目鬧翻，而且能夠堅持下去成為了一年一度的家庭傳統，這對我來說，實在難能可貴。

弟弟說：「我們有三兄弟，大哥今年是第一次無法參加，因為他上大學了。」

眼前的小帥哥今年只有 12 歲，開始走的那年，他 3 歲。

這個相遇，與另一個相聚可謂一脈相承。

那年夏天，我們一行十二人，在法國 Brittany 一個小島住了幾天。

30 多年前，四個年青人成為了好朋友，並自稱「愛登士家庭」*1，承諾無論世界怎變，彼此也是一家人。30 多年後，這四個晚青帶著各自的家人，參加了這個「愛登士家庭重聚」。

飛機飛到 Brest，再開車一直往海邊，到了一個海灘小鎮 Santec，我們坐下來喝杯咖啡，接下來我們不只要跟隨法國的節奏，更要跟隨潮汐

的時間表。

我們站在岸邊，海的不遠處，就是我們的目的地 *Île de Sieck*。待潮退後，車子就可以駛上 *Dossen Beach*，直驅島上。

岸邊有幾張長椅，牆上有個很眼熟的標誌，居然是 *Camino de Santiago* 的扇貝殼標誌。

想想也是，*Camino de Santiago*，就是從家門口出發，一直走到 *Santiago de Compostela*。整個歐洲幅員遼闊，只要有路，甚至海路，腳下的就是那條 *Camino*。

法國有四條主線接駁到西班牙那邊的 *Camino* 路段，其中一條在巴黎出發。接駁到這些主線的其他支線，更如恆河沙數。英國人可以乘船橫越英法海峽，由 *Brittany* 或 *Normandy* 登岸再踏征途。

這裡就是途中一個不見經傳的小地方。

1　電視劇「Adams family」，台灣叫阿達一族。
　　這一家人的角色最初在一部單回漫畫現身，
　　到出現於著名的電視劇，性格各異，甚至有點古怪，但感情非常要好。

我們走 *Camino Francés*，雖然偷了步沒有在法國段正式的起點 *Saint-Jean-Pied-de-Port* 出發，還是陰差陽錯地踏足了在法國境內的路段，補回了這個小遺憾，也都是上帝旅行社的驚喜安排。

潮退了，我們驅車到島上去。在小島遊玩了一天的遊人，也趁機逆方向的走回海灘小鎮。

海水退的老遠，遠得讓人忘記了不久之前腳下還是汪洋一片。斜陽映照下，海灘泛著金光，照得人臉龐格外好看，也照得人心裡份外溫暖。

島上只有兩間大宅。一間是朋友奶奶住的，另一間是 *holiday home*。

整個小島不大，就像香港的蒲台島吧，徒步環島不出幾小時，於是散步成為了我們這幾天的日常。

小孩子騎單車、衝浪、徒手潛水，燃燒著用不完的精力。

大人們看準時機，待潮退時就趕緊往小鎮的超級市場入貨，十二人份早、午、晚三餐，每人把自己喜歡的食材買下來，到時候做個創意料理。

又或者總動員到路旁的小餐廳吃個 *crêpe*，我喜歡塗上 *caramel*，甜美的，

Brittany 的家常。

島上沒有 *Wi-Fi*，連上網卡的速度也特別慢，不能滑手機，正好，可以聊天。

大家認識於微時，兜兜轉轉幾十年，能在自己的生活中暫時抽身聚在一起，那股向心力，就像地心吸力一樣，是命定了而且不可逆轉的力量。

今天我們捧著酒杯在小山坡上看日落，致幾十年的友誼親情。

明天我們走在岸邊巨石群旁看浪花激起的漩渦，笑著面對未來的不可預期。

我們在野花遍地的路上散步，倦了就躺下來睡個午覺，被打擾了的蒲公英漫天飄飛。

我們撐著傘，看著碼頭水退時，小木船擱淺在沙粒上像件玩具一樣。我們陪老人家逛市集，買水果，買芝士。我們跑到泊岸的漁船，八卦他們的漁獲。

我們商討著如何對待新鮮生猛的大西洋麵包蟹，我們把十幾斤的蔬菜

慢煮成 *ratatouille* *1，我們心血來潮夜半烘焙蘋果批。

洗碗機辛勤地工作，一輪接一輪，沒有一分鐘停下來。

它是我們快樂時光的印記。

島上的最後一個夜晚，正值月滿。月光在屋前遠方的水平線偷偷探頭，不一會就灑得一地銀白。

我們說起了在 *Camino* 路上遇到的兩個法國小帥哥，他們一行四個家庭一起走 *Camino*，每年用一星期走一小段，風雨不改，一走，走了十年。現在，依然年年繼續。

這是來自平行時空的啟示。

既有幸成為同途人，我們也要發揚自己的傳統。

從地理上出發，西班牙對於法國人，有點像台灣對於香港人。所以我們立志一有空就會到台灣重聚，幾年前我們已經去了一次玉里。

西班牙的 *Galicia* 有個 *Finisterre*，法國的 *Brittany* 也有一個 *Finistère*。我跟兩個天涯海角，都緣慳一面。

但這一點也不重要，重要的是親人好友，無事多相見。

月光下，我默默許願。

1　法國普羅旺斯燉菜。

女與驢子

山林裡，帳幕中跑出一個年輕的意大利女生，問我要不要蓋印章。

聽說在 *Camino* 最後 *100* 公里要沿途每天蓋兩個印章證實你走過這段路，才會獲發證書。

印章是 *Francesca* 手造的薯雕，可愛的驢子造型。

她和他的匈牙利男友一人一頭驢子，再帶上她的狗狗，來回在 *Camino* 路上浪蕩了三年。

男友因為發燒，就住在城裏的 *albergue*，然後到藥房買點成藥。

長期到處搭營野居，也不是我們想像的浪漫，每日要徒步入城取糧水，尤其是快要過冬，更要張羅一家大小的容身之所。

「*Camino* 是個神奇的地方，我們需要的東西都會以它奇特的方式出現。我們想找一個小小的地方過冬，或許可以經營一間 *albergue* 照顧

路上的人，我不知道怎樣可以達成，但上天自有安排，我相信。」
Francesca 說。

在現實世界中，我們很容易就跳到：「年輕人，去找一份真正的工作
吧！」的結論，可我切切實實感受到的是一股勇氣。不走大路的人，
都需要一股傻勁。

「我和男友都是唸心理學的，我們在構思一個 *Donkey Walk* 的兒童治療
概念。我也不知道可不可行，不過驢子的確是非常善解人意的動物，
跟牠一起走，可以放心打開我們的心，單純的小朋友應該更容易感受
到。」*Francesca* 娓娓道出這個夢想。她並沒有放棄她的專業，只是逐
少逐少在醞釀中。

說著說著，在我身旁的驢子把臉湊過來，好像知道我們在說牠什麼
的。我拍拍牠的頭，牠的臉就在我身上擦、擦、擦要跟我做朋友，看
得躺在遠遠的狗狗心癢癢，在想要不要過來湊熱鬧。

我問她：「妳有沒有把這三年的經歷寫下來？」她說：「當然有啦，
但有一次被人偷了包包，連這本厚厚的日記也不見了。自此我也沒所
謂了，我也不知道為什麼，反正一切都已在心中。」

她說：「我來的時候一個人，走著走著成了一個家庭，我也沒想到。」

對話中聽得最多是：我不知道、我沒想到。對，未來的事有誰知道？就走著瞧，看上帝旅行社安排吧。

臨別時，她還送了我一個小手作，是她用絨布造的驢子，就繫在我的手腕上。

「我時間多的是，想做點什麼送給我遇到的人，多謝他們沿途帶給我的力量。」*Francesca* 害羞地說。

是誰給誰力量我也搞不清了，只知道緊緊擁抱之後，大家就要各奔自己的路。

作家夢想的散步之路
陰天是散步的好時候

El Ganso 哲人之路
14·11·14

能醫不自醫

在教會領了新的朝聖者護照開始起行，已經差不多十一時了。

天空灰灰的，沒有陽光沒有雲沒有雨，就是均勻地灰灰的。

走在前面的女生拿著一枝粗大的 Y 型樹枝當手杖，走起路來像隻鴨子，像是累得潰不成形。

我們走得很慢，她走得更慢。Camino 路上的獨行俠女生不少，我們也不急，一直保持距離的走在她後面。

好不容易攀過山坡走上直路，居然下起雨來，大家都狼狽地拿出斗篷來。我們幫忙把她的斗篷蹬好遮蓋著背包，就在這尷尬的時刻自我介紹，她是來自德國的 Simone。

她走了幾天，腳底的水泡令她痛不欲生。昨天路上她遇到一個西班牙男生，跟著他一起走，大步大步的走太快，今天起來就知苦果，足踝的腱膜可能發炎了。「現在才知道什麼是舉步維艱。」她說。

雨實在下得太大，還有無定向的風，我們唯有躲在荒廢的小屋裡暫避。Simone 是經旅行社訂了全程的酒店住宿，行李每天從 A 酒店運送到 B 酒店，正因如此，無論你多辛苦，也要趕到預定的 B 酒店而不能中途放棄。她說：「如果不這樣，單憑我的意志，我絕不可能走畢全程。」

等雨勢減弱，我們又繼續上路。這隻鴨子一直落後，漸漸就失去蹤影了。

沿途幾條村落的餐廳都關門過冬了，我們肚子餓到不行，終於走到一間開門的，就衝進去，可是碰著停電，我不管，我就點了芝士火腿奄列，等恢復供電才煮也沒問題，先來杯咖啡吧。

不知是否心理作用，停電下的咖啡都像雀巢咖啡的味道。回過神來想起了 Simone，不知這一拐一拐的鴨子現在走到哪兒呢？

等她拐到的時候，我們已經吃好了。她說：「我的導遊說我比預定時間慢了一個半小時，可是我才不理他，我要吃東西。」

「你有導遊呀？」

她哈哈大笑：「不，是我的 guide book 而已。」見她還懂得開玩笑，鬥

志不錯，我們就繼續先起行了。

今天我們打算走 25 公里，我們平常一般走十幾至二十公里，走到 20，身體好像知道，腳總不聽使。於是我們就坐在一個巴士站吃粒糖果休息休息。

Simone 趕上了，累得不似人形。我們請她坐坐休息，吃糖果嗎？

坐下來舒展舒展，她告訴我 *Santiago de Compostela* 的大教堂在 *All Saints Day* 會有 *Botafumeiro* 乳香爐在空中擺動的特別儀式，可是她正正在那天就要走了，不知道會否緣慳一面。

看緣分吧，我們在這裡聊天已經是緣分了。

她是休年假兩星期過來的，她是個醫生。

眼前的她怎樣看也不像個醫生。

「什麼風把你這個醫生吹到 *Camino* ？」這是平常不過的開場白。

「你不會想知道的，那我就長話短說吧。」

我們正在小心翼翼的下斜坡，她逐隻字逐隻字的吐出話來：

「我的未婚夫在婚禮前十天逃跑了。」

嚇得我差一點要滑下去，也接不過話來。

「鬧劇過了一個月，我也總得放了我的蜜月假期。我不能去陽光海灘，受不了四周的恩愛甜蜜，於是，決定過來這裡走苦路。」

好一陣子大家都不知道要說什麼，一直低著頭默默走。

男人到了三十幾歲時都很危險，尤其是跟你一起已經很久很久。他們覺得婚姻是事業的絆腳石，他們恐懼，最後他們被恐懼征服了。我以過來人的身份跟她分享我的教訓。

「他是個好人，只是他不是那位真命天子。我已經三十五歲，生理時鐘滴答滴答……。」她也被恐懼征服了。

我，好像遇上了十多年前的自己。

雨開始大起來了，說話的聲音開始模糊，我聽見自己隱約在說：「可能我是上帝派來的天使，告訴你這刻的失去，是為將來找到陪你走更

遠路的伴侶。」

雨繼續繼續地下，這五公里好像永遠永遠走不完。

師奶的日常

走在 *Camino* 路上，你自然會少了購物慾，一是鄉下地方商店罕見，二是即使進了大城，店鋪林羅，只要想想買了之後你要一直背著它上山下鄉，登時就會立地成佛，畢竟是身外物不買也罷（當然也有受不住誘惑的時候）。

可是，吃的少不了，所以除了住宿費，每天的花費都在食物上。吃好了，把食物的能量轉化成走下去的動力，周而復始。這裡的吃得好並不是說要上米芝蓮大餐廳 *fine dining*，我們心目中的好是著眼於在地食材、光顧尋常百姓喜歡的小餐館，或者跟隨當地人的飲食習慣，靠山吃山，靠海吃海。

回到日常生活，也想把這簡單的理念延續。今天我就以一個小女人的小心眼，對比了香港物價指數與 *Camino* 物價指數。

一般情況而言，歐羅兌換港幣大概 *1:10*，這幾年歐羅大瀉，大概打個八五折吧，但為方便計，我們還是先以 1 歐羅 = 10 港幣算好了。

在家的時候，我們每星期有一半時間在家做飯。早上我在家附近菜檔買了本地種植但不是有機種植的蔬菜，包括一個洋蔥、兩顆蒜頭、一斤菜心、四個番茄、一棵紹菜、一個節瓜，合共港幣 86 元。

在西班牙的街坊菜市場（也不是農夫市集），買了一個洋蔥、一顆蒜頭、五個番茄、一隻長形燈籠椒、半邊南瓜、二十粒栗子，合共約 6 歐羅。

叮噹馬頭，不相伯仲。

買一隻香港本地飼養的鮮雞特價港幣 135.5 元，正價為 160 多元，過了晚上 9 時，超市割價時段搶回來的。附近沒有本地雞蛋，唯有買美國雞蛋，港幣 17 元 10 隻。

西班牙美食黃油雞兩邊下裝 *1 共 4.34 歐羅，雞蛋 1.5 歐羅 6 隻。

肉食方面西班牙比香港價錢要便宜，以我們的經驗來說，豬肉、牛尾等都便宜上倍。

在西班牙的普通一間 bar，一杯咖啡 1-1.5 歐羅，在香港普通一間茶餐廳（不是翠華喔）一杯奶茶港幣 12-16 元。一條長麵包 1 歐羅，一磅白方包港幣 8-15 元。一件 tortilla 西班牙奄列、一件 empanada 餡餅 3-4

歐羅，街坊粥店一客煎蘿蔔糕港幣 13 元。*Tapas* 在平民餐店由 3-8 歐羅不等，普通酒樓一客點心視乎是小、中、大、還是特點，還要看是否下午茶時段，港幣 10-50 元不等。

套餐：*Pilgrim Menu*，前菜（沙律或湯）、主菜（肉類加薯仔）還有甜品（焦糖燉蛋、乳酪、蛋糕等），10-13 歐羅不等。我們在家最常去晚餐是附近一家日本連鎖式餐廳，很家常，還可以添飯。吃飽後還會在隔鄰外帶一個白果蓮子杏仁露慢慢散步回家。算起來，這個自製套餐平均每人港幣 140 元。

物離鄉貴，西班牙的超級市場賣的即食麵要 2.5 歐羅，我們唯有緊勒褲頭。也當然咯，在香港要吃好的風乾火腿、芝士呀，也休想會便宜到哪裡。

雖然要找便宜的總有更便宜，要有昂貴的也可高不見天，但都沒意義；有意義的是每天的尋常滋味，因為它才有穿透力，可以細水長流，一直一直伴你走下去。

這樣分析下來，我們日常在香港吃方面的花費跟在 *Camino* 時大概相

1　半邊雞的下半部，比雞腿多，連屁股呀。

若，而每頓家常便飯大概也會帶來相若的能量，讓我們走好每天的 *Camino*。這，是我今天的發現，阿們。

麵包蟹

在一個陌生城市沒有目的地晃遊浪蕩，是很有趣的經驗。從所在地出發，以步行可至的距離，完全不看地圖，隨意附加一個目的，比如是，要去買一隻活蟹，原來也相當好玩。

走遍大街的超級市場，海鮮檔，有；活蟹，沒有。鑽進小巷去，石板路兩旁矮矮的樓房都有小露台，陽光還是僅僅可以透進去。

從遊客區不知晃到哪裡，已經沒有表面的風光，生活的質感，是勞碌，是柴米油鹽。這個好像是衣飾批發區，也有些中餐小館，前面傳來的，就是中餐館裡老闆與伙計的破口大罵戰，鄉音很重，聽出來不是親人也是鄉里。

也走過一個隱藏了很多中古舊物店的小區。小書店多不勝數，放在櫥窗的書，每一本的封面看起來已經大有文章，真希望可以讀懂這個語言。有了 *apps* 的協助，一般餐牌文字都可以讀懂，但要真正了解這地方的文化，仍相距甚遠。

從這書香滿滿的小巷，走到混雜印度燒香和非洲 *couscous* 香氣的廣場。破落的建築，不損大家對生活的雅興，家家戶戶露台上仍然種有簡單的植物，大家仍然在廣場上閒話家常，享受餘暉。

再走一會，撲臉而來一陣魚腥味，民居裡真的隱藏了一家海鮮店。不是賣游水海鮮那種，也不是附在菜市場那種，而是純粹在家樓下做街坊生意那種。

我們用手勢比劃問有沒有螃蟹。螃蟹？沒有。吃魷魚吧，老闆拿著大魷魚。魷魚看起來很鮮美，可以煮南瓜，可以炒露筍，都不錯，就它吧。

於是我們就帶著魷魚走。這次可要靠地圖 *app* 才找到回去的路。

註：下午二時至五時大家睡午覺的時候晃遊，感覺完全不一樣，店鋪關門的話，遇到活蟹的機會將是零。第二天又晃遊至此，老闆很高興再見到我們，馬上拿出三隻活生生的麵包蟹出來。這就是街坊小店的人情味，可惜我們是時候回家了。

那天在廣場上

旅館的小露台外傳來叮叮咚咚的聲浪，遊行的人群已經從四方八面匯聚到前面的小廣場。

我們跟著走，小廣場上已經有警察戒備，集結的人數不多，數十人吧，大家手裡都持有敲擊武器，對，不是攻擊武器，是敲擊武器。

有鍋子、有木箱、有瓶有罐，用棍子、用刀叉、用原子筆，甚至回歸最原始，用自己的身體，但凡敲得響的都敲響起來，大家擊掌，大家用腳踏出節拍：我們要發出聲響，我們就是要發聲。

四邊包圍著小廣場的，有外形不一的矮房子，重重聲波迴盪在牆上、玻璃窗上，反彈再反彈，形成了幾部合奏。

聽到我們的聲音嗎？

我身旁有位可愛的小天使，剛學會走路的年紀，跟在他年輕爸媽的身後，興致勃勃的敲擊著他的小鼓，笑得天真爛漫。聽到他的聲音嗎？

豁達蜘蛛俠

再遇到蜘蛛俠的時候，他已經年華老去，而且繼續的默不作聲。

在他的面罩遮掩下，沒有人看出他的真實年齡，可是他的肥胖身形，制服下也掩飾不住。

年年月月囤積下來的美酒佳餚，嘰哩咕嚕，淤塞在奇峰突出、隨時準備爆發的火山下。

我想像二、三十年前遇到同一位蜘蛛俠，英姿颯爽，疾惡如仇。但時日如飛，圓渾的肚腩可不是一天建成。

生活總得要過，沒有嘆息的餘地，倒不如將計就計，安份地扮演歲月不饒人之唏噓的蜘蛛俠。廣場上，街頭藝人都在各出奇謀，蜘蛛俠大叔單憑造型已經先拔頭籌，贏得不少喝采，只見少女們爭相拿著手機與他自拍。

順勢頹懶，有時也可以是一種積極幽默。

歲月的聲音

在 *León* 大城遇上兩個德國年青人，一邊走一邊在彈 *Ukulele*。在旅途上隨時隨心玩音樂的最大挑戰是，要全程擔起樂器本身的重量，不離不棄。那我明白為什麼口琴的音樂總令人想起浪人的飄泊，一件輕便的樂器，的確是浪跡天涯的理想旅伴。

我們終於就在城裡的大樂器店買了一把結他 *1，童裝版手工結他。愛它身形嬌小，便攜易帶。它就是我們沿途的音樂。天氣好的話，找個樹蔭，野個餐，在等水煮開的時候，碰碰結他，簡單的和弦與田野的畫面配合得蠻不錯。

我是個好聽眾。

間有電線橫空，小鳥棲息其上，飛來也飛去，猶像樂譜含蓄地推展。試著根據電線上的音符撥動和弦，啦 ——

聲音驚動了小鳥，三兩隻飛走，不待一會又飛回來站在電線上另一位置。又試著根據這刻的樂譜撥動和弦，唰 ——

如是者看著上帝不按章法出牌，隨意即興地玩音樂，我們也樂於陪祂玩玩。

隨著自己的心一路去一路去，沿途可能有沙有石，不要分心，就這樣一路去一路去，玩音樂，不是玩樂器。

我聽朋友說過這番話，我是個好聽眾。

天氣不好的話，也不能拋棄這個旅伴。下大雨的時候，確保它好好藏在斗篷下，到了 *albergue*，馬上為它抹乾身體。可是在潮濕的空氣中，大通舖的環境裡，人累得不行的狀態下，實在不適宜彈結他。

所以，我們決定，把這個旅伴留在家，下次不跟我們再踏征途了。

但是，我們還是忍不住到樂器店看結他。

有一次在城裡亂逛亂逛碰上了一間老店。那個區瀰漫著老舊味道，陳舊的街道上，二手傢俱店、二手書店，表面上散慢悠閒，卻有種說不出的活力在蠢蠢欲動，後來才知道區內在星期日會舉行大型的跳蚤市集，怪不得我的雷達會有這樣的感覺。

店鋪有兩個窗櫥，一邊擺放了兩把老結他，另一邊擺放了一把製作中

的結他，可以說是個殼，旁邊可以見到零散的部件。最吸引我的是一張老照片，年輕的工匠在他的工作室，圍著藍色粗布圍裙，專心一致地在微調手上的半製成品。照片泛黃，泛著手作的溫度。

我們推門進店，迎面掌櫃的老先生怎麼這麼眼熟，他不就是照片中的年輕的工匠嗎？他好酷，也沒有正面望我們一眼，只在招待他的另一位客人。

店面不大，兩旁飾櫃裡、掛在牆上的結他珍藏可夠我們看一個下午。空氣中盡是老木頭的香氣，淡淡的，隨著歲月沉澱下來卻頑固地歷久不散的香氣。

突然響起了 *Flamenco* 音樂，那位年輕客人正在試結他，隨手就嘩啦嘩啦地彈奏了一節熱情的 *Flamenco*。

我心想不會吧，不是每個西班牙人都隨便能彈得一手好 *Flamenco* 吧，正如李小龍雖是香港人，也不是每個香港人都懂功夫。

我在想這無聊事情之際，年輕客人跟老先生說了三兩句就放下結他離

---

1   吉他。

開了。

「結他很好，但太貴，我未夠錢買。」

「那我幫你留著，儲夠錢再來買。」

「一言為定。*Adiós*。」

我想像著客人臨走前與老先生的對話。

店裡又回復平靜。我們開口請老先生拿下店外窗櫥裡其中一把老結他。

老先生不懂英語，我們不懂西班牙語，但我們有身體語言和 *Google Translate*。我們在手機上輸入問題，然後翻譯成西班牙語，遞給老先生看。

「這把結他是二手的嗎？有多久歷史？」

老先生在西裝外套內袋裡拿出一個小小的放大鏡，放大手機上的文字慢慢細讀。他用身體語言跟我們說，他的視力很差，差不多看不見。我們一輪雞同鴨講，聽到的故事是這樣的：

結他是三十多年前這個工作室的出品，輾轉回到老先生手裡。

我們看著結他音箱裡貼著的 *Felix Manzanero* 標貼，老先生指一指自己：
「我就是 *Felix Manzanero*。」

還得了？老先生親手製作的，我們怎負擔得起？

我們再一輪雞同鴨講。

「不是我親手製作，但也是這工作室製作出品。」

木頭經歷日月的洗禮，共鳴著歲月的聲音，著實滿懷暖意，只要為它
換過弦線，馬上可以重生。

老先生在計算機上點按了幾個數字，剛巧跟我們卑微的預算不謀而
合，難得可以抱走心頭愛。

道別之際，我留意到老先生身後那張 *60* 年代花紋的門簾。我好奇心
起，冒昧地提出了一個請求：「可以參觀你的工作室嗎？」

老先生二話不說掀起門簾，邀了我們進去。

工作室是每個藝術家的最後堡壘，是意念經過孕育、掙扎、最後化身作品的地方。我們剛買的結他，就在這裡誕生。

不同的木頭，德國雲杉木、紫檀木、絲柏木，歷經至少 25 年歲月的老木，夠沉著穩定，又不易破裂，才能共鳴出某種符合老先生心目中的聲音，經挑選後，再要經過兩年特別的風乾處理。

一片共鳴板的木飾，得用上不同木色的手工部件，還未說琴頭、琴頸和共鳴箱裡裡外外所需的精細工藝，每一環節都用最傳統的方法完成，絕不可能急就章。

牆上掛著一把把老工具，樑上排著一片片等待琢磨的共鳴板，光線映照著舞動中的木屑微塵，站在凝固的時間裡，此刻 80 歲的老先生，跟在照片裡那個幾十年前站在同一地方的他比較，還是老模樣，人老矣，溫度絲毫不減。

我們和老先生握手道別。後來我們才知道老先生早已在 2010 年退休，甚至把門店也關了，後來師承父親的 *Ivan Manzanero* 接手，店鋪才得以繼續經營，而我們才有幸與親自鎮店的老先生相遇。

Felix Manzanero 年少就跟 *José Ramirez II* 學藝，最初只負責為琴板上漆，後來 *Ramirez* 發現 *Manzanero* 偷偷地用撿回來的剩木做了第一把結他，

深受感動，於是傳授他製作結他的手藝，12 年後 *Manzanero* 自立門戶，開始自己在古典結他和 *Flamenco* 結他的工藝創作，奠下了製琴大師的地位。

我們手提著這把結他登機，心想，如果航空公司膽敢叫我們托運寄艙，我們就會這樣大吼：托運？你知道這是什麼嗎？這柄是西班牙的國寶呀。

哈哈，幸好，我們沒有需要用上這句對白。

翌年，我們走完 *Camino* 坐通宵巴士回到城裡，因為時間太早未能入住預訂了的 *Airbnb*，百無聊賴，不如去探望一下老先生，於是憑著腦海中的地圖慢慢地又走到他的老店。

還早，店還沒有開門。不要緊，好的東西值得等待，我們就坐在附近的小廣場喝著咖啡慢慢等。

終於開門了。我們興奮地從店外櫥窗窺探，櫃台後站著的並不是老先生，而是跟老照片裡一模一樣的中青。他肯定是兒子 *Ivan Manzanero*，餅印一樣，不會錯。

那老先生呢？

我們衝入店內，道明來意，確認眼前的果然是小 *Manzanero* 先生。經過一輪雞同鴨講，得悉原來老先生體力不如從前，每天中午過後才會前來店鋪。

我們放下心頭大石。不要緊，我們再逛一會，再等一會。

再回到店鋪時，老先生已經在等候我們。我們未及卸下背包就互相握手問好，大家都感受到對方的欣喜。老先生精神很好，只是眼睛的狀況愈來愈差，要用手杖輔助走路；我們跟他說，手杖好用呀，我們走 *Camino* 時也有用手杖呢。

大家都笑了起來，背後大大小小的古董結他彷彿也共鳴起來。

笑聲是我們的語言，謝謝兩位 *Manzanero* 先生，為時代留下了美好的聲音。

重生

時間不早了，就在這個鎮上投宿吧。黃箭頭指向右方，我們卻被左邊的古橋吸引了過去。我們稍微偏離了大路，入住了在小河另邊的一間私營 *albergue*。

我們是唯一的客人，付了兩個床位的價錢，住進了四人房，心想發達了，可以把東西肆意的放在旁邊的床上去，舒展舒展。

誰知沒多久，就有另一位客人入住，我們只好急忙的收拾鄰床雜亂的東西。

這位女子挑通眼眉，滿懷笑容地說：「不好意思，打擾了你們。」

「沒關係，沒關係。」我企圖掩飾自己的尷尬。

話匣子打開了，我們就坐在自己的下舖床開始聊天。

她叫 *Marion*，從瑞士來的荷蘭人。

她訂婚那年才二十出頭，未婚夫還是她的初戀情人。結婚前，她想去看看這個世界。這一去，就改變了她人生的軌跡。

她在瑞士找到了護士的工作，到銀行開立一個支薪帳戶時，就認識了她的真命天子，當時銀行的一位小職員。

一年後她跟未婚夫約定要回去結婚的期限到了，而真命天子也向她求婚了。

她也沒有什麼掙扎就決定要留下來。

她說得那麼輕鬆，那麼快樂，可憐她的未婚夫一定呼天搶地，死去活來。

Marion 是個漂亮的女子，紅粉菲菲，戴著珍珠耳環，還跟我討論哪裡可以買到我正在穿著的夾棉短裙，一點也不像結了婚三十多年，兩名兒子已經長大成人的媽媽。

「我的命是撿回來的，每一天都是賺回來的，就笑著走下去啊。」

一年前，她發現自己得了癌症，身為護士的她，每日每天見盡不少，可謂見怪不怪。對她來說，這沒有什麼大不了，也不讓自己有時間胡

思亂想，就決定要快刀斬亂麻，儘早動手術。

手術之前一天她還在工作。推她進手術室的也是她平日的工作搭檔，大家都拍拍她肩膀說：「不用擔心，明天進手術室的可能就輪到我們，到時候拜託你照顧咯。」

大家居然有心情把真事拿來說笑，真看得開。

手術後 Marion 康復得很快，這次來走 Camino，是要好好享受重獲新生的身體，也順道感謝她的上帝從死亡邊緣把她撿回來。

第二天早上醒來的時候，她已經出發了，神龍見首不見尾。

再遇上的時候，是在 Astorga 古城裡的小廣場上。她指著古舊建築物雅緻的露台說，入住了這間小旅館才發現房間有個漂亮的古典浴缸，抵不住它的呼喚，多停留了一晚。泡了兩晚泡泡浴，現在香噴噴，精神煥發。

她每天走30公里，而且健步如飛，只偶爾偷偷懶，我們根本望塵莫及。她說，「我在醫院裡工作，經常跑來跑去，身上帶有一個步行器計算自己每天走了幾步，而且我很多時候都要體力勞動，比如扛病人過床，所以對於負重走路基本上是應付自如的。可能上天一早就開始鍛

鍊我，要我走好這段路。」

她瞇著眼微笑著說，就像個從未受過苦的小孩子一樣。

我們向她展示新添的購物車，它是我們的流動廚房。*Marion* 很喜歡我們的構思，更覺得每個偉大的構思背後，都應該有個匹配的名字，然後正式把它命名為 *Cutie Wagon*。

名字太棒了。

此刻她的手機傳來訊息，丈夫鼓勵她要繼續努力走畢全程，到時候煮一餐豐盛的等她回家。

我們相視而笑。

「回去之後的冬天，我們會去滑雪，這是我們年度的家庭活動。這幾年，住宿都變得超貴，聽說度假村的房子都被你們中國人買下。」

且慢且慢，我們是，香港人，在英國殖民地時代是，在香港回歸中國之後依然是。

「我明白喔，我也是荷蘭人，一個嫁到瑞士的荷蘭人。」

我們一再相視而笑。

風雪紛飛 15·11·14
Foncebadon

讓過去的一步一步成為過去

人生最大的包袱，不外乎過多的東西、過去的感情。

要斷、捨、離，有時最深刻的教訓，往往是從痛苦中覺悟的。

一雙西班牙工匠手工精製的皮鞋，買，是你對工藝的致敬。

但你的腳只有一雙，家裡鞋子已經有三十多雙，你為什麼需要多一雙？

而且走路還是穿一雙穿舊了的行山鞋比較合適，把皮鞋背在背包裡十多天，待到城中逛街時穿三個小時，有點得不償失。

於是，大鎮裡的郵局不時會擠滿朝聖者，除了要寄明信片，更多是為了把多帶了的東西寄回家鄉。

比如一雙非關必要的皮鞋；比如一本以為會看但實際上太累無機會瞄一眼的書；又比如，一瓶浪漫但沉重的香水。

當重量超越了我們能承受的限度，就會變成包袱，讓我們舉步維艱，進退失據。

當初遇到 Cristina 時，她正糊在這個狀態。

感情上。

九月份的西班牙晚上有點微涼。我們飯後坐在 albergue 的露台，不覺時光流逝，教堂鐘聲已經響了兩遍，仍然聽見一位女子在低聲講電話。

能夠連續兩個小時綿綿細語，就只有在感情曖昧不清的時候。

Cristina 要跟在馬德里青梅竹馬的戀人分手。一起生活了十多年的伴侶，已經像家人一樣，說分手分了很多次也沒有成功。愛情沒有了，關係卻不能像按一下 delete 鍵，馬上清除得一乾二淨。

她在巴塞羅拿找到勞工處的穩定工作，負責非法勞工問題，尤其是在農忙季節，經常四處出勤，調查在農田工作的非法移民情況。回馬德里的日子買少見少，兩地相隔，大家的共同話題也與日俱減。

新生活開始定下來，新感情也在醞釀中，可是舊愛嘛，依舊藕斷絲連。

對於三十出頭的 Cristina 來說，也不能不腦交戰一番。生理時鐘響鬧起來，要生孩子還是要看世界；要事業還是要相夫教子；要盡情愛還是盡責任？

「我想冷靜一下，讓我走完這條 Camino，回來再說。」
「我陪你。」
「不，我想一個人走。」
「好，那我讓你一個人走，但我不會讓你獨個兒走。」

舊男友就在同一天出發，一個人走 Camino del Norte，在平行的另一條路上，以另一個方式陪伴著 Cristina 走她一個人的 Camino，儘管路上的支援少，村落少，人煙少，餐廳少，住宿的地方更少。

同一時間起步，平行地，各走各路，一步一步的，讓過去成為過去式。

這樣詩意的一個句號，再無奈也令人無話可說。

想起了 1988 年另一個帶點悲壯的分手式。

那年，兩位藝術家 Ulay 與 Abramovic 決定忍痛分手。他們分別從萬里長城的兩端出發，開展各自的心靈之旅，當他們在長城中的某一點相遇，好好的說過再見，也就象徵多年的關係從這一刻正式結束。往後，

你是你，我是我。

Abramovic 說：「我們終須一個了斷。我們朝著對方走盡萬水千山，到相遇的一剎那，我們明白到無論再怎麼努力，到最後，也只會是獨自一人。」

漫步長路，能相遇同行自是有緣；緣盡了學會放手，讓對方走自己的路，也是一種祝福。

一星期後我們和 Cristina 走到了 Burgos，行程要暫告一段落。那個道別的早上，我們緊緊相擁說，是時候好好的跟過去說再見。

來不及看到她的表情，腦海裡只留下她頭也不回、輕裝上路的背影。縱然孤身，卻不孤獨。

誰是誰的天使

Cristina 揉著累透了的小腿。我們看著她腳底的水泡，跟她說，妳的鞋子太小了，走長途要穿大兩號的。她說，這雙鞋是我送我媽媽的，來不及跟她走 Camino，她已走了。

一年後，我媽媽腦裡的腫瘤把她帶走，跟當年 Cristina 媽媽的情況一模一樣。我沒有想過的是，一年前我們陪 Cristina 走過的那段路，其實也是 Cristina 預早一年陪我走將要走的一段路。

從我第一次踏上 Camino 到第二次再上路，相隔了兩年。短短兩年之間，我的世界塌了下來。

在瓦礫之中，我重組了支離破碎的自己。然後，我明白上帝旅行社為什麼要我走上 Camino。祂要我認識一個人，一個天使。

Cristina 說我們是來自東方的使者，陪伴她走這段路。當時，支離破碎的，是她。

她破了水泡的腳底，滲著血水，每朝要花時間先包紮好；我們晚起床，慢慢吃早餐，於是經常在起步時遇上。

「你的鞋子太小了，不能再穿，走長途腳會發漲，在下一個大城買雙新的大兩號的好嗎？」

「謝謝，不用了。我要陪媽媽走全程。」

這雙新鞋子是她送她媽媽的，媽媽沒有機會穿一次就離開了。

媽媽的尺寸比她還要小半號，抑鬱在鞋子裡的，哪只是那雙痛不欲生的腳？

來自東方的使者，我老公，只能為她做穴位按摩，舒緩一下大、小腿的酸痛，又或者教她如何包紮傷口比較有效，而腳下的傷痛，還得要自己一步拼一步，把它遺落於天大地大的虛空之間。

我弟弟打電話來說，媽媽不舒服，過來看看她吧。

我回到娘家時，媽媽正在吃飯，笑著說：「我沒事，少少感冒而已。」

弟弟偷偷跟我說媽媽手有點抖，拿不穩飯碗，剛摔破一地。

中風？

「我沒胃口，睡睡就好了，你回去吧。」媽媽掉了一句就去睡。

Cristina 慢慢地適應那雙鞋子，或者說鞋子終於降服下來，開始懂得溫柔地擁抱。

「我媽媽是個老師，」Cristina 說。「媽媽在學生面前是個板起臉的老師，對我，她是我最親切的媽媽。媽媽退休時，我送了她這雙鞋子，說好了一起去旅行。」

可一切來得太突然，從被確診腦癌，到因為腫瘤的關係導致性情變得暴躁難耐，到沒法認得至親，到撒手人寰，只短短數月之間的事。

入秋之後，農作物被收割後的田地，零零散散放著大卷小卷的稻草。溫柔的風，吹得 Cristina 的髮髻有點散亂。

「別了，可是我沒有好好的跟她說再見。」

「媽媽會知道的。」我跟她說。

不到一年之後，我跟自己說同一句話。

2011 年 3 月 12 日，媽媽入院檢查，前一天，日本發生了歷來最猛烈的 *9* 級大地震。病房裡的電視重複播放著海嘯把大地淹沒的畫面，滔天巨浪無聲無息的繼續吞噬，同時也捲走了我的希望。

浪花激起，我拿著花灑頭，溫水在瘋狂奔流。「水會太熱嗎？」我問媽媽。

我和她擠在浴室裡，穿著衣服的我早已渾身濕透。媽媽沒有答話，痛痛快快地享受這個淋浴。

八十年的風霜落在滿頭銀白髮絲，也刻在一摺一摺的皺紋之間。我把沐浴露搓在掌心，揉在她身上鬆弛的皮肉上，手掌滑過她瘦弱的手臂，這雙曾經強而有力的手臂，曾經攜 *1 一個、抱一個、拖一個帶著我們三姊弟妹到天星碼頭看人家釣魚，到大會堂圖書館看書，到士多買熱維他奶。我發燒的時候，她會攜著我一邊哄我睡，一邊在廚房煮飯。我會把發燙的小手按在她清涼的手臂上，那就是我的最佳退熱貼。

兩年前髖關節手術在她大腿上留下了一道疤。康復期間我們請了工人照顧她生活起居、輪椅出入，她百般不願意，工人約滿後就被辭退了。自己拿著拐仗上落巴士，照樣跟老友記打麻雀，我媽媽就是這樣倔強的人。

「媽，你要著涼了，起來吧好嗎？」

這個澡已經洗了四十五分鐘，我手指皮膚都皺起來了。可是媽媽就是賴著不走，像個愛玩水的小孩一樣。幾十年前的一個寒夜裡，同樣有個小朋友光脫脫地賴在澡盤裡不肯走，媽媽無可奈何，唯有再燒了水，一點點咚咚咚的加進微涼的水，好讓我再嬉水多一會。

就這樣，我們兩母女又再一起嬉水。

那是她最後一次暢快的沐浴。

Cristina 蹲下來綁鞋帶，我們就坐在樹下休息。*Cristina* 說：「那個病很可怕，不知在媽媽腦裡面做了什麼手腳，到最後，媽媽像變了另一個人，一個暴躁不安、討厭自己、討厭別人的人。當我還在問為什麼為什麼，媽媽已經昏迷在僵硬的記憶裡，踏上不歸路。」

記憶是一條扭曲了的水管，冰冷、空洞、閉塞，一碰即斷；又像一條難纏的蛇，一直緊纏你直至你沒法呼吸。

1　揹。

媽媽被確診肺癌，癌細胞已經走到腦裡去，跟 *Cristina* 媽媽的情況無獨有偶。

Cristina 是我的天使，上帝旅行社預早派了她陪我走這段路。

我知道了。情況可以急轉直下，走得可以很突然。我的天使告訴了我。

我放下了手頭上的其他工作，當下我的工作只有一項。

病房鄰床大不了我幾歲的中年太太借了一瓶按摩油給我，教我怎樣幫媽媽按摩，讓她舒服一點。「你媽媽一整晚都在呻吟叫喊。」她跟我說。

其實媽媽頭痛了很久，一怒氣起來就頭痛，家裡大大小小有幾十瓶白花油，她有時候就直接整瓶倒到頭皮，讓那微辣掩蓋那金剛圈的魔咒。

我倒了一點按摩油，指頭開始在媽媽頭上遊走，我手無縛雞之力，與其說按摩，不如說是撫摸。媽媽年紀開始老邁了，我們外出的時候也開始手牽手了。此刻媽媽緊捉著我的手說：「女，我想回家，帶我回家。」

這個不是我下巴輕輕就可以許下的承諾。

我看著媽媽的手，因為她晚上叫喊掙扎被醫院方面以方便照顧為理由綁起過的雙手，我又於心不忍。

人生的 Camino 走到盡頭，有這樣卑微的一個願望，我們真的不可以成全嗎？

在弟弟妹妹的支持下，我們決定把媽媽接回家。出院那天，媽媽是多麼的喜悅，我推著輪椅讓她跟病房裡每位院友道別，媽媽揮著手說：「我出院了，我不會回來了，大家也好好休養，快點出院啊。」

在香港，在家善終並不是一個廣為人受的概念。一是傳統的禁忌，更大的問題是如何照顧病人。

我在電郵上告知了遠在西班牙的 Cristina，文字不多，但彼此的心好像感應到對方一樣。

我和媽媽有個情意結。

我跟媽媽是前世「撈亂骨頭」*1，經常吵架，在大學時代我搬進宿舍，

---

1   一個俗語，形容兩人經常吵架，一定是上輩子兩個人的骨頭混在一起葬了。

大家保持一點距離，情況才有改善。這樣說來，我的臭脾氣根本就從媽媽那裡倒模出來。

有好一段時間，我每晚都會發惡夢被媽媽罵得狗血淋頭，嚇醒時都會在哭。

「媽媽罵你都是為你好，你見我這樣會緊張其他人嗎？我的氣留給自己暖暖肚子不好？」

我們那個年代，愛，是用這個方法罵出來。

明白是一回事，但面對是另一回事。

媽媽就像吃了 *Ecstacy*，異常興奮，正確點來說是廿四小時不眠不休、不肯吃不肯喝，不停在搖晃腦袋，不停地在喃喃怨罵，而所有的怨罵都烙在我心上。好不容易哄她吃了醫生開的安眠藥，反而令她更活躍，要站起來晃動雙腿，更說身體像被火燒一樣刺熱，硬要把衣服脫掉。

看得人多心痛。

我看過腦神經科醫生 *Oliver Sacks* 寫的個案故事，如果腦裡一定要搭錯

線，我們可以選擇搭在祥和平安，近乎所謂宗教極樂的那根嗎？

天氣好的話，我們會推輪椅到海濱散步，在移動的軌跡中，媽媽會平靜下來，稍稍睡一睡。我們會在附近的茶水檔喝杯奶茶，媽媽習慣每天早午一杯奶茶的，可現在對著奶茶，她也只會搖頭。

「媽媽，這裡的叉燒煎蛋飯好吃，我們來吃叉燒煎蛋飯。」她貪吃的張開口，可是她嚥不下。

六、七十年代的香港都在一個「搵食」*1 的狀態，大家都在掙扎求存，掙口飯吃。我們爸媽的一代因為戰亂、因為貧窮從大陸逃難到來，媽媽說，如果不是六七年香港暴動，她心慌了，覺得女人終要有個歸宿，也不會下定決心下嫁爸爸。

我也是在零三年，沙士 *2 在香港肆虐的那一年，下定決心與另一半白頭偕老。

媽媽四十歲結婚，四十二歲生了我，然後有了我弟我妹。爸爸不分晝夜的上班，媽媽在家一個帶三個，生怕看漏眼生意外，就狠狠的用棉

---

1   為溫飽、為生存奔波。

2   SARS。

胎鋪在地上包起牆角，任我們亂爬亂跑亂跳。就這樣，我們姊弟妹從來沒有怎樣跌倒過。

小時候看粵語長片，爸媽就會說戲中陳寶珠那種工廠女工畢竟都是辛苦命，你一定要多念書，將來坐在冷氣房裡做文員、秘書，像林鳳那些角色就好了。

後來我不單坐到冷氣房去，更捧了薪高糧準的政府工鐵飯碗，爸媽不知多高興，一家人生活的改善都看我了。

所以當我擅作主張，辭去這份優差走去流浪走去追尋夢想的時候，多少也讓他們失望。晚飯時的氣氛有點僵，反而是爸爸打破沉默：「路，是你自己的，我們不會永遠陪著你走，你自己做決定好了。」媽媽仍然默不作聲，只管不斷地把菜夾到我的碗裡去。

路是我自己的，誰也只能陪我走其中一段，就算我多麼不情不願，最後走畢全程的，也只有自己。

安眠藥並沒有發生預期作用，媽媽央求我說，「求求你，推我出去走走。」「現在？現在是凌晨三點，媽呀。求求你，求求你……。」

坐在輪椅上的媽媽就像坐在嬰兒車上，平靜、安寧，頭歪斜著，像睡

著了。夜已深，我們沒有下樓，只在 10 樓的走廊來回走著。我們從最舊式沒有電梯的公屋，搬到現在也屬於舊型的公屋，已經是三十年前的事。走廊兩旁每戶的手拉鐵閘都一式一樣，以前閘上都會掛上花花綠綠不一樣的花布，好讓打開大門，仍然可以遮擋住過路人的視線，現在大家都安裝了冷氣，再沒有夜不閉戶的歌兒。連接著兩個電梯出口的走廊有點蜿蜒曲折，車輪走在清水泥地上，骨碌骨碌的聲音，在狹隘的空間裡迴盪著。

閉著眼睛推著輪椅像幽靈一樣遊走，重複著不變的路線在繞圈圈，本身就是一首安魂曲。我們在動，心卻難得地靜下來。

當我們來到這個世界，爸媽待我們如珠如寶，我們就不要待他們離開這個世界時，才對他們如珠如寶。

天要光了，轉個彎走到梯間，已經見到鄰居伯伯在走動晨運了。媽，我們回家吧。

媽媽貪吃，患了糖尿病也不戒口，但口味還是傳統的、老式的。西班牙火腿她就是沒興趣，說比不上我們的金華火腿。作為一個師奶，她還是喜歡比較物價的，每一次我外遊，她都會問我，那邊的飯盒多少錢一個？

這不是麥當勞指數的原型嗎？對媽媽半生勞動的階層來說，在家做飯最便宜最有益，如果出門在外急就章的話，最便宜的就是到茶餐廳外賣一個飯盒。

我說西班牙沒有飯盒的，我們坐在餐廳裡吃朝聖者餐，有點像我們的常餐、茶餐或 A、B、C 餐，有前菜、主菜，甜點，水或紅酒，一般都是十至十五歐羅。

「是啊，一百塊，也不便宜啊，都是自己煮比較划算。那他們的菜心賣多少錢一斤？」

「媽，人家沒有菜心的。」

「那節瓜呢？」

「沒有。」

「那生菜總有吧，多少錢一斤？」媽媽就是有窮追不捨的精力。

也可能是這個原因，令我特別喜歡逛菜市場。當我們住在 albergue 有共用的廚房，或是住在 Airbnb，也會想動手煮飯，可能也是這個原因。

這是母女之間一個說不完的話題。

「女呀，我想吃蛋撻。」媽媽說。

「好，我去樓下買。」

「我不要，我要吃『墨寶』的。」

媽媽有點語無倫次，要不是自言自語，就是罵人的話。

「我在生你都不給我吃，我死了給我吃什麼也沒用了。」

家裡只有我和她。一句句刺人的話像飛刀一樣坎進我的頭顱。是她腦內的壞細胞說的，不是我媽說的，不可能是我媽說的。

我要到樓下那家餅店買，來回五分鐘內。我要找媽媽說的巴士站附近的「墨寶」，最少要十五至二十分鐘。那是說，我要獨留媽媽在家十五至二十分鐘。

我別過臉走了出露台，她還在大吵大鬧。

然後我就決定出走了。

熟悉的樓梯，熟悉的紅綠燈，熟悉的路，我奔著走，心急回家，但那間「墨寶」究竟在哪裡？

抬頭一看，就在馬路對面，大大的招牌寫著「麥堡」。「墨寶」，原來是一間街坊麵包店。

我買了兩個酥皮蛋撻，十塊吧，我忘記了，熱烘烘的捧在手上。

回家路上，我想像著媽媽每天的例行路線，從家裡慢慢的拐到「麥堡」買蛋撻，過馬路等巴士，去她老友記家中打麻雀；還有她一邊吃蛋撻，一邊喝著她以立頓茶包沖泡的奶茶，大殺三方的英姿。

我出差我旅遊每次都買各式奇形怪狀的美食給媽媽，而我卻不知道，她最愛的是「麥堡」蛋撻。

回到家裡，媽媽一直迷迷糊糊的在夢囈，沒有碰過這個新鮮出爐的蛋撻。我開了電視，獨個兒看著《都市閒情》，眼前有點模糊，兩個蛋撻，越吃越覺得鹹。

要遇上的總會遇上

步伐不一樣，能走在一起，肯定是某程度的合拍。話不投機嗎？把腳步放慢一點，或者抄個小路，你就再不會碰上你不喜歡的人。

如果一個小星球，可以獨立存在於一個宇宙，恆常運行，它是自足，還是孤獨？

當你以為正在孤身走我路，其實你並避不開左右前後星體的牽動；當你以為與各大星體之間取得和諧平衡，其實你無可避免地也在消磨著自己的韻律。

我們都活在萬有引力之下。

Camino 是不同星體在億萬光年中偶然相遇的軌跡。有些星體氣場很強，二話不說就把眾多小星星吸引過去。

滿口紐約口音的美國大叔，束了辮子，臉上寫著：「我是全宇宙最有魅力的男人，在宇宙大爆炸之後受了重創，現在要來療傷。」

Albergue 裡的 *communal table* 圍坐著他的年輕粉絲。他憂鬱的眼神迷倒眾生，滔滔偉論激起他的意氣風發。我想像自己像朵解語花一樣細聽從盤古初開上天就對他如何不公平的故事，然後輕拍他的肩膀說：你好棒棒啊！加油喔！

噢，對不起。那可能是二十年前的我吧！現在的我，實在——受——不——了！

我們本能地轉身離開了這間 *albergue* 另覓容身之地。

有些星體氣場很弱，很容易被其他星球吸引著，最好是附在大家身上，踢也踢不走。

遇到德國嬸嬸是在某個下午。*Albergue* 的床位大多空空如也，偌大的房間卻迴盪著低沉的呻吟聲。我們走過去看一下：「*Do you need help？*」

德國嬸嬸說她感冒了，已經吃過藥，休息一下就好了。

第二天早上，德國嬸嬸精神已經好多了，她給我們看一束在路上採的野菊花，一臉驕傲地說以它煲水，喝了身體就開始復原。

我們陪她走了一段路，身體初癒還是小心一點好。整段路程，她也是

碎碎唸、碎碎唸，好像不需要我們的反應，事實上我們也沒有什麼交流，話不投機真的半句多。

午飯後，當我們確切知道她體力已經恢復得八八九九，就開始慢下步伐，希望自自然然地被拋離。

可是呢，這是不可能的。她會坐在路邊等我們，你們怎麼這麼慢？說罷又走在我們旁邊碎碎唸。在周星馳電影《西遊說》中，唐僧的呢呢喃喃，的確像金剛罩一樣罩得悟空沒法呼吸。

我們又調節了一下步伐，混在另一群朝聖者當中。誰知在街頭轉角，她又會突然閃身出來說聲：「嗨！」又或者會躲在路上的大石背後，伸一條腿出來戲弄我們。

當你以為她是個老頑童，她又會氣沖沖地抱怨你：「是不是因為我沒有你們年輕、沒有你們那麼 sporty，你們就嫌棄我這個老太婆？」

原來她沒有的，是安全感。

某程度上，我們都沒有安全感。擁有的時候怕失去；失去的時候怕面對。

人來人往，我們每個人都只是其他人路上的過客。有些人擦身而過；有些人來了又走；有些人一世一生賴皮不走。

有誰可以肯定今天陪在身旁的旅伴，明天依然伴著你？又有誰可以肯定今天匆匆一瞥的過客，明天不會成為你下一段路的旅伴？

我唯一可以肯定的是：來時一個人，去時最終也只剩你一個人。

走路是收斂狂妄之道

當你專注走路，時間不再是行事曆上的單元，一心多用不再是時尚，
一分鐘終於可以老老實實的飾演一分鐘。

信步晃遊，不需要交通資訊，不用理會火車班次，不用等位泊車，喜
歡的留下來多看一會，沒有喜歡的，一直往前走，像走馬燈一樣，路
上風景以我的步速慢刻在腦海裡。

一天下來，我的腿累得不成，走了 6、7 小時，背上的包袱一小時比
一小時重，我還是會問自己，你幹嘛要走下去？

有時我會按下暫停鍵，在同一個地方多留兩天，企圖破解這魔法。

是沿路牛屎留下的藝術圖案嗎？
是冬夜一碗熱騰騰的菜湯嗎？
是落葉墮地的天籟之音嗎？
是流水衝擊著古石上的青苔嗎？
是栗子掉下所遺留的回音嗎？

是日出前的山嵐嗎？

是上山時的上氣不接下氣嗎？

是陽光跟風雨的調情遊戲嗎？

是繃緊得要命的腿後筋發出的控訴嗎？

是自己跟自己對話了嗎？

是停在手背上的蝴蝶嗎？

是位一面之緣而交心的朋友嗎？

是知足的常樂嗎？

是不可擺脫的恐懼嗎？

統統都是，統統也不是。

我唯有按下繼續鍵，繼續 *keep walking*。

第二天繼續。沒有一天是一樣的，比如天氣，比如下一個投宿的地點，越來越多不可控制的未知數，要不你就抓狂，要不你就隨遇而安。

當我選擇豁出去，就沒有什麼害怕。慢慢地，已經不知道甚至不在乎自己走了多久，只是覺得自己可以一直走下去一直走下去。

我感到前所未有的自由，就像一個靜止的物體被外力一推，打破了慣性或惰性之後，可以不費吹灰之力一直移動一樣。

這股自由有自己的生命力，我的每一步都為它提供養分。我就是我，我只是我，單純的走著，無需對人交代，不為年齡、性別、事業、財富、階層等標籤所定義。

此刻我的腦海只單純的是一卷菲林 *1 底片，刻印著路上風光，偶爾會與一些遺忘了或想遺忘的事雙重曝光。

我也會跟我自己對話。右腦和左腦之間的碎碎唸，鯊魚和小丑魚的面對面。我的身份沒有了世俗的定義，我的矛盾難得可以和平共存。

人少不免有大大小小的執著，要擺脫這些執著需要不少力氣。可只要我昂首闊步一直走著，這些執著就會乖乖讓路，我的心呼吸著清新，在開闊的景致中雀躍狂喜，甚至渴望著迷途，稍微離開一下一直走著的大路。

一路走著，我甚至會忘記背包的重量。我必需的就這麼丁點而已，我越捨得一切，我越獲得一切。我可以是個輕裝上陣的背包客，我也可以是個托運 46 公斤行李的商務客，我找到了枷鎖的鑰匙，我真正的自由了。

1　膠卷。

慢慢地我發現自己已經不再計算自己走了多遠，那很好，就回家吧。自由的空氣，讓人恢復元氣，片刻的出走，不會解決所有問題，但可以打破了一些慣性，讓我快樂的歸來。

路上風光仍然懸在半空，百年樹林的氣場被路人的經過打擾了，呼吸聲與樹梢的共振，有如音叉的效應，發出了「啦——」這個音調。而這音調在山巒間迴盪了幾回，在我再走幾步之後，又再次在耳邊遇上。

調音好了，一場協奏隨時開始。旅人身體力行走出一個節拍來，然後，聽鳥兒什麼時候撥動電線弦，枯葉什麼時候敲響泥牆，風兒什麼時候開腔。

或者，停下來什麼都不做，就抱住一棵老樹，直至聽到他的心跳。

就像是接通了什麼天線一樣，音樂從來不缺。

有朋友收聽到的，卻是哀歌。有天她走過一個小鎮，來到河邊過橋時，聽到橋下傳來哭聲連連，她沒說什麼，當晚就在網上翻查了那鎮的歷史，又一個在戰亂時期曾經發生過的屠城故事。第二天早上她就往回走，回到那橋上，默默的禱告，然後安心上路。

她接的那根天線我沒有接上。一百人走 *Camino*，一百個不同的經歷，
一百個走下去的理由。

我也會問自己，為什麼想一直走下去。這是很難回答的一個問題。

在回程飛機上的一齣西班牙電影，我好像找到答案。

戲中一班朋友聚在一起吃飯閒聊，其中一個年長的說：「當我跟別人
說，我在花園裡工作了一整天。有人會對我說：『 *Poor you* 』；有人則
對我說：『 *Lucky you* 』。」

猛然驚醒，你不享受的話，是受難；享受的話，就是天堂。

背著行裝每天走路，對很多人來說是「攞苦來辛」，或者說是自討苦
吃，對於我來說，卻是 *Lucky me*，我找到了適合的路，去盡情享受，
飽滿身心。

而每個人都不一樣，每個人的享受方式也不一樣，甚至我們在每個人
生階段享受的也不一樣。

這樣很好。所以最終剩下的問題還原到只有一個：究竟你想要什麼？

你不一定找到答案，就走著瞧吧！

倒數

細看路上石碑上標示的距離，原來是倒數的。*109 km* …… *100 km* ……
98.5 km ……。

越來越接近終點，相傳朝聖者在 *0 km* 的地方，會燒掉自己的衣服，放
下負擔，回去過新的生活。

現實中，回去之後，存在的問題依然存在。徒步走一趟旅程，遇到不
同的人，碰到不同的考驗，聽到不同的故事，最重要是有機會與自己
對話，對自己坦誠，這一切一切都會帶來新的衝擊，我覺得這就是新
生活的源起。

事實上，我們的生命也是倒數的。大部分人都未知那個數字而已。命
不該絕的話，我的大概是 *10000* 日…… *9999* 日…… 如此的倒數下去。

如果每個人都準確知道自己的數字，他們今天會在做什麼？

我沒有宗教信仰。

我在天主教女校念了十多年書，以往每天早會唸經唱聖詩似是過眼雲煙，可是現在遇到什麼鬼疑事，心裡還是本能反應地默默的唸出聖母經，而且萬試萬靈。

我會去聽藏傳佛教的英俊喇嘛講道。喇嘛說，不是要大家出家，每個人都有自己的崗位，自身修行，在哪裡都可以。冥想打坐，能不能清空心裡的疑慮雜念不重要，重要的是我可以慢下來，不去跟紛擾搏鬥。

我做瑜珈時會誠心進行拜日式。大自然的能量我是親身感受過，那次在峇里島晚上跟大夥兒在唱頌，大雨如注地打在外面的稻田，盤腿而坐的我身體開始搖晃，慢慢不斷向前彎，直至額頭一直溫柔地敲在木地板上。對我來說這個動作是不可思議，因為我的身體從來未試過這樣柔軟過。而我也沒有去追究這是什麼回事，我覺得對世界、對大自然要保持謙遜的心就是了。

我也會陪伴朋友去黃大仙廟求月老賜恩緣。月老在中央，你把紅線如圖示般繫於指間，閉目許願，走向月老旁邊的男像，把紅線繫於他腳下，儀式完成了，心願神知，就管他靈驗不靈驗。

結婚也是一樣。兩個人一起，儀式並不是重點，如果一個儀式可以令雙方更認真對待這段關係，那儀式才有它的意義。

所以，戒指還是要戴的。

撇開宗教這個層面，信仰究竟是甚麼？不就是一個能令自己入信的方法，去解釋我們遇到的、或將要遇到的事？

三十歲的時候，是急躁的年華，我第一次看風水，希望可以知道自己的事業何時才會突圍而出？何時才可以買房子？何時可以嫁出去？會有多少個子女？

現在的我，已經再沒有急於要看劇透。未來，本來就是還未有來到的事，就像追看小說一樣，給你翻看了結局，會不會減低了你享受中間迂迴曲折、柳暗花明的樂趣？

對於生命的未知數，人們都有不同的解讀方法，有的塔羅，有的紫微，有的星座，有的八字，我的比較懶惰。

我相信上帝旅行社其實已經安排好每個人的行程。這個錯綜複雜的行程讓你認識到不同的人，遇到不同的事，你沒有想過的人會助你應付你沒有想過會發生的事，環環相扣，讓你逢關過關。

你只需要耐性，等待劇情慢慢展開。

從 A 點到 B 點，最後到不到達 B 點不是重點，重點是中間那段不可預知、不知把你帶到哪裡的過程。

當你十八歲時，走的可能是苦澀愛情小品路線；當你活到九十八歲，它就是史詩式的《阿甘正傳》，誰知道。而我，可以選擇的話，我希望我的是笑中有淚的電影《Inside Out》*1。

1　港譯《玩轉腦朋友》，台譯《腦筋急轉彎》。
2　用存摺提存現金，為最基本的存款客戶。

媽媽再見

媽媽說，是時候去一趟銀行。這樣的安排，我們在爸爸臨終時做過，媽媽還安慰我，不用怕，人終歸一死。

先去開聯名戶口。銀行近年都在推廣各種尊貴理財，屋邨附近的街坊店鋪都關門大吉，誰有空招呼諸多長氣的紅簿仔 *2 阿婆客戶？

好不容易截了的士到附近一間分行，人龍很長，媽媽因為病情的關係，不由自主地搖著頭、做著各種令人側目的動作。我和職員道明來意，說我是貴行尊貴理財的客戶，加上媽媽身體不舒服，希望可以加快處理。

皮笑肉不笑的職員說：「尊貴理財的客戶，麻煩到這邊排隊。」

天啊，人龍比普通客戶要長很多呢。我決定在普通客戶那邊排下來，媽媽卻嚷著要走。「媽，快到了，你忍耐一下吧。」

「走啦！走啦！」

我心燥如焚，也唯有推著輪椅帶媽媽回家，翌日再過來一趟。

翌日找了個不那麼繁忙的時間到來，文件準備妥當，到媽媽簽名的時候，我才發現她已經不能好好簽個名了。

眼前彎彎曲曲的線條，像是終點前的奮力衝刺。

幾經身份核實，事情終告辦好了。媽媽說：「還沒有，我還有個保險箱。」

我推著輪椅沿著筲箕灣道走，慢慢走，電車一輛一輛在身邊駛過。

走進銀行，職員馬上跟媽媽打招呼：「婆婆，很久沒見了。有沒有去打麻雀呀？」

人情味，久違了。

媽媽當然也沒辦法簽一個像樣的名字，職員卻笑著跟媽媽說：「婆婆，不要緊，回家好好練字。」

她領我走進房間，找到了媽媽的保險箱，轉身跟我說：「你媽媽是我們幾十年老顧客了。」

我把沉重的保險箱從櫃裡拿出來，放在面前。

裡面放的，是媽媽最珍而重之的一切。

我掏出一個厚實的環保袋，打開保險箱，把這一切雜雜亂亂的傾進其中。

我們步出銀行，感覺像拿著 AK47 機槍，剛剛械劫金行滿載而歸的悍匪。

媽媽去世之後，在偶然的機會讀到了龍應台寫有關她媽媽的文章。

她說，媽媽年紀大了，要送到老人院照顧，是沒有辦法中的辦法。一有空她就會去老人院看媽媽，媽媽總是跟她投訴有人要偷她的錢，要陷害她、要打她。

龍應台環顧老人院的條件、資源、管理都是蠻好的，應該不至於發生這樣離譜的事情。可能是媽媽不想住老人院才編故事吧。

龍應台每次探媽媽都有日常的指定動作，她會拿出媽媽的銀行存摺，唸一次存款的數目，告訴媽媽：「放心，我們存款還有不少，不能亂花啊，慢慢花，夠用。」

媽媽老花眼，看不清楚數字，聽到女兒唸這個數字，還是放下心頭大石。

龍應台在想，媽媽的孩子都已經立足社會這麼多年，生活比上不足比下有餘，就連媽媽孩子的孩子也長大成人，媽媽為什麼還活在那個朝不保夕的年代？

因為這個結，龍應台跟媽媽經常爭執，我們對你這麼好，你應該好好享福，你還想怎樣？

媽媽那個年代所經歷的，我們永遠無法真正經歷一次。身為母親，因為養育子女的天職，拼命求存，過往所積累的惶恐、不安、憤恨糾結在一起，都統統被壓抑下去。

現在兒孫羽翼漸豐，又回到自己一個人，那些情緒又重新一次翻騰。

我們站在這個年代跟固封在那個年代的媽媽爭執，只會互相傷害，越愛得深，傷害就越深。

龍應台做了些小手工，把銀行存摺影印放大，自己訂裝，也買了個小夾萬 *1，附有一條小鑰匙。另外再用 Photoshop 弄了一張證書，並且把它過膠。

下一次去看媽媽時，就拿出這些心意。

「媽，我買了個夾萬，我們把存摺放在裡面，鑰匙掛在你胸前，就沒有人可以偷你的錢了。你自己打開看看。」

媽媽小心翼翼的打開夾萬，打開這本手工製放大版的存摺，不用老花眼鏡也看到存款數字，心定了，展笑顏了。

「媽，我還跑去你的單位找老幹部給你發了一張證書，下次如果有人要打你，你就給他看這證書，證明你的往績貢獻，以後大家都會敬重你，不敢胡作非為了。」

媽媽看著這張所謂證書，百感交集，自己一生的奉獻，終於有了個正式的評價肯定，然後二話不說，就把它放在枕頭底下。

往後，媽媽再沒有投訴有人偷錢和打她了。

如果時光可以倒流的話，我但願能更早讀到這個故事。

1 　　小小的保險箱。

有時候我喜歡在茶餐廳叫杯「茶走」，即奶茶不加淡奶而是加煉奶，再叫一件奶油多，即多士塗上牛油加煉奶。

童年時，大家都喝煉奶沖水，代替昂貴的鮮奶。那個時候有兩個牌子，壽星公和鷹嘜，哪個減價就買哪個，印象中我們總是喝鷹嘜煉奶。

在罐上打兩個洞，把質感厚厚的煉奶慢慢傾倒在闊口玻璃瓶裡，倒到最後，再用罐頭刀把罐頂都打開，沖入開水把最後黏在罐內的煉奶都溶掉統統喝下，一滴不留。

煉奶的罐子我們家叫它做牛奶嘜 (mug) 亦絕不浪費，洗淨風乾了之後，就是各式的盛器和插筒，而它最神聖的任務就是盛載「散紙」，亦即零錢。

盛載「散紙」的牛奶嘜放在五桶櫃的第二個抽屜，趁當時我們年紀小，就放在我們不夠高拿不到的地方。幾個牛奶嘜放著不同的硬幣，一毫、兩毫、五毫，那是爸爸月薪千元的年代。後來，百物騰貴，牛奶嘜裡就多了一元和兩元。而紙幣，多是五元、十元，就疊在紅簿仔亦即是我們家的存摺裡。

我們早餐買個菠蘿包、雞尾包，小息時買包蠔油豆；媽媽去買菜做飯；甚至我們要交學費，我記得我小學時每月的學費是八元正，也是從這

些牛奶嘜裡出納，爸爸在月頭出糧之後就會補給「散紙」，牛奶嘜又會回復滿滿的。

牛奶嘜的傳統一直保留著，形意上。

媽媽留下了幾十袋從銀行兌換還未開封的一毫、兩毫、五毫「散紙」。至於為什麼她要囤積硬幣，她一個老人家又是怎樣愚公移山地搬運這些硬幣回家，我們也不用深究。

至今，它們大多原封不動。媽媽可能沒有想到，一天一天通漲下去，我們很多店鋪已經拒絕找續和收取零錢。

它們重甸甸的就放在我床下底，是媽媽在未來的歲月裡給我們的壓歲錢。

今天媽媽的精神很好。

她坐在沙發上，把環保袋的東西傾倒出來，逐一逐一排列在她腳下的地上。

二十多年的膠地板，有點暗啞倦態，就像人到中年，擋不住歲月的軌跡。

我們設置了腳架，架好了攝影機。

時代有著自己的記憶，那年代經歷過的，必須由經歷過那年代的人和事說出來。

「他們都不買股票，怕輸。我們就是他們一生唯一的投資，他們驕傲的憑據。爸爸說：『再多捱兩年，我就有新股上市，月月派股息，更會不斷升值。』」

～大學畢業證書被捲起太久了，舒一口氣說。

「大女兒剛出來工作，出第一份糧，跟弟妹一起送給媽媽的禮物。雖然媽媽嘴裡說著：『初出茅廬不知世界艱難，這玩意不值錢的，要買就買黃金。』心裡不知多歡喜，女兒們結婚時，她都是戴著我。」

～絲絨盒子裡的一對珍珠耳環說，鑲在旁邊碎得不可再碎的碎石閃著笑意。

「這是一家人和爸爸最後一次慶祝生日時拍的照片。那家酒樓叫什麼名字忘記了，在西灣河，退休之後兩老就經常坐叮叮 *1 到這裡飲茶。現在舊樓拆了，都蓋了新豪宅。照片裡的爸爸還是肥肥白白，想起來可能只是哮喘藥的副作用。那時候他已經知道自己將不久人世，捧著

我，笑得很開心，像是在馬拉松長途賽中奪了金牌一樣。」

～子女為爸爸慶生的壽桃金牌說著這段故事。

鑲在一個精巧的塑膠盒子裡綁著紅絲帶，令這片小小的的壽桃金牌，的確有點像一座獎牌。

鎖在保險箱裡的，都是你覺得最珍貴的。

「從牽著爸爸的手開始，我在媽媽手上活了 44 年，跟著這雙手，帶孩子，幹粗活，打麻雀，沒有停下來過。我身上原本是帶著人字形的花紋，年月把我一點一點的磨蹭，最終變成現在的圓圓滑滑。前陣子媽媽做菜準備晚飯時被魚刺刺到無名指，紅腫到不得了，忽然間我就像金剛箍一樣箍著媽媽，弟弟唯有就用剪鉗狠狠地把我剪開，痛得我，我知道媽媽也很心疼。」

～一條光脫脫的白金戒指在說話，旁邊默默守護著她的，是一隻隱約見到人字形花紋的白金婚戒。

1　　　電車。

「我一開始就是光光滑滑的，是兒女們在某年母親節送給媽媽的。媽媽說，簡單的款式耐看，而且省人工錢，划算。除了在女兒們的婚宴上露過面之外，我一直藏在保險箱，就等另一個重要時刻。一直等一直等，無聲無氣。想不到我會在這個時候這樣出場，那你就好好記著了，代表媽媽，把我送給你弟弟的未來老婆，媽媽的好媳婦。」

～一對光身的黃金手鐲吩咐我說。

弟弟準備結婚了，媽媽要娶媳婦不知多高興，這個多年心願終於圓了。老人家心裡有數，來不及去買龍鳳手鐲了，只有把心底的祝福這樣地家傳下去。

「小莫小於水滴，匯成大海汪洋。小時候聽過的銀行廣告歌，就是爸媽的理財之道。儲錢是日常。今天不知道明天的事，逃難的心態，一直沒有改變過。節衣省吃，孩子給的家用，都省著用。」

～一張張定期存款票據在此做見證。

三個月續做一次定期存款，每次把儲起來的幾千元加進去，數字一點點的上升，雖然不是個大數目，可意義卻一點不少。這樣的做法持續了好一段日子，直至銀行差不多零利率，他們才把存款放回紅簿仔。

手執一本紅簿仔，隨時打開來看看，心裡踏實一點，我看龍應台媽媽就明白了。

「60年代媽媽從鄉下輾轉到了澳門再嫁到香港，生活總算安定下來，那時候所謂的安定，只是能一起捱世界，總不會餓死的信念。

媽媽仍然惦掛著鄉下她姐姐的一家大小，70年代大陸環境更是困難。能做到的她都做，她也經常寄些日用品什麼的給姐姐，更會包裹縫上『祝君早安』的白毛巾來寫地址，而這條毛巾將會是他們的洗臉巾。

小時候，爸媽每年都會帶孩子到澳門親戚家度暑假。這樣媽媽才可以抽空抽身，大包小包的，舊衣服、糧油糖果，用扁擔挑著回鄉，只見她穿得臃臃腫腫，新內褲穿十幾條，棉衣、毛衣拼命地往身上都穿，草帽兩三頂，非常異相，可媽媽卻樂此不疲，意志激昂，決心把一次能帶回去的都帶回去。

媽媽也試著想法子申請姐姐一家來香港，最後靠親戚申請，姐姐帶著兩個兒子、一個女兒終於到了澳門。聽他們說，當時手裡只有二十塊錢，差不多是赤手空拳，面對不可知的未來。

媽媽和姐姐的感情一直要好，天大事也好，不就一起吃蛋撻一起商量。」

～一條飾花黃金手鏈娓娓道來。

這條黃金手鏈原居在一個螢光紅色的塑膠小盒子裡，盒子上金色漆上金號名稱，很古老的包裝，也別具記念價值。老式人都是這樣重感情，姨媽當年送贈媽媽的禮物，連繫著的又豈止多年姊妹情份。

情與義，值千金。

媽媽睡在她熟悉的上下格鐵架床，床板上墊有舊棉胎，鋪上乾淨床單。床邊成千上萬個 S 鈎所鈎起的塑膠袋裡面林林總總不知名的媽媽的寶貝家當，已經被我們狠心扔掉，騰出這個比較舒服的空間。

怎樣也好，這裡是自己的家，自己的地方。

床頭我們放了她的卡式機，播放著她的粵曲卡式帶，《鳳閣恩仇未了情》。

「一葉輕舟去，人隔萬重山。
鳥南飛，鳥南返，鳥兒比翼何日再歸還，哀我何孤單。
休涕淚，莫愁煩，人生如朝露，何處無離散。」

小時候聽爸爸哼的歌，現在大鑼大鼓在沙沙的演奏。

媽媽沒有再罵人，沒有再發狂，雖然她瞪大眼睛罵我的樣子，依然會把我在夢中嚇醒。

你不是我女兒我為什麼要罵你，你有見我罵鄰家的女兒嗎？我不如省回一口氣暖肚。

這個邏輯我永遠搞不懂，只有安慰自己接受這老式表達愛意的方式。我不願意承認，自己原來也遺傳了這陋習，越是我珍惜的人，我越容易對他發脾氣，雖然，這樣動氣沒有半點傷害的意思，但是受者的感覺可完全不一樣。

我在 *Camino* 一直走，一直在想這事。

根據牛頓定律，你施加了作用力，一定有相同的反作用力產生，你只是不知道它有何時、在哪裡發生。

我一直走，一直在想這事。

假定世界是個因果循環，我今生未能解決的事，來生還有機會繼續解決嗎？

走路開始時是體力勞動，你從 A 點走向 B 點，繼續走繼續走，回個神

來，已經發現自己迷失於思想上的汪洋。

思想像毛冷在糾結，越緊張要解結，越纏得緊。所謂想通，其實是讓自己在這茫茫大海飄浮一下，又或者在心平氣和的狀態下跟自己講數。

你想怎樣？

樹林裡大樹參天，腰圍之大，讓三、四個我同時環抱也綽綽有餘。我把頭枕放在粗糙的樹皮上，把我不明白的事，把我怨憤不平的事，把我說不出口的事，像抽血一樣輸向粗壯的樹幹去。

大自然浩瀚無垠，泰然自若，包容一切，一個把人壓得透不過氣的包袱，在這裡一放下，就被大地吸收得無影無蹤。每年有千千萬萬個朝聖者經過，這裡的吞吐量的確驚人。

那天晚上，大家都齊集在家裡跟我們的媽媽，他們的婆婆說再見。妹妹的孩子當時還很小，三歲、一歲。

中國人都不懂得說再見，善終服務的護士都這樣說，死亡，是一個忌諱，大家都不願意面對，寧願說一些「好好休息喇，病好了我跟你打麻雀啊！」之類的話。

媽媽要在天堂裡跟你打麻雀了。

我們逐一坐在媽媽床前道別，要把感情宣於口中是很困難的，因為在我們的文化裡，這是肉麻的，這些話應該是心照不宣的。

講不出口就什麼也不用講了。我們就乾脆緊握著媽媽的手，輕撫她的手背，感受她掌心透出的溫暖。

時間在倒數，這是我們今生的最後機會。

媽媽倒是醒了過來，睜開眼睛好好的看看我們，一一的囑咐我們。

「不要嫌阿媽長氣，你有見我教導鄰家的仔女嗎？我不如省回一口氣暖肚。」

媽媽永遠是媽媽。

然後她說，她見到一個草地，有很多花，有三隻蝴蝶在飛，有三隻蝴蝶在飛……。

那是媽媽最後一句話。

小孩說婆婆要睡覺，給了她一個飛吻。

「今宵人惜別，相會夢雲間，我低語慰檀郎，輕拭流淚眼。」鳳凰女繼續唱道。

香港看似一個走得很前的文明地方，思想上仍然是相當保守，與其說是保守，不如說是勢利。在鄉下地方，病人在家善終都是平常事。在香港，房子裡有人去世是不祥，房價會跌，尤其是有人在內自殺，那房子便是凶宅，有鬼不是重點，重點是賣不出去，房價大跌。

所以在家善終這個概念推廣了一段日子，依然是個忌諱。

我們住在公共屋邨，住了幾十年，爸爸說這是我們的老巢。所以我們明白媽媽為什麼堅持回家。

醫院提供的日常醫療照顧，量體溫、量血壓、打點滴、插胃喉、輸血、輸氧氣，對於臨終病人來說，只是延長生命，並沒有讓他們更有尊嚴地離開人世。加上醫院的資源緊縮，護士和醫院工人根本應接不暇，病人其實也在受氣。很多病人沒有等到入住善終醫院，已經魂歸天國。

在決心帶媽媽回家這件事情上，我們也承受不少壓力，比如說，親戚會在背後怪我們沒有讓媽媽得到最好的照顧。

其實，我們何嘗不在擔心自己是否真的有能力在家照顧一個臨終病人呢？

但決定了，就是決定了。我們姊弟妹同心，能做的盡量去做。

我們帶媽媽去做化療舒緩症狀；為了應付她的歇斯底里找醫生開安眠藥，徹夜推著輪椅哄她入睡；因為她老嚷著要吃東吃西而整天團團轉準備食物，這些奔波的時光很快就過去，沒多久之後媽媽就臥床不起，情況就如 Cristina 的母親一樣。

我已經兩三個月完全沒有上班。這時候我的新辦公室正在裝修，我甚至來不及告訴媽媽我開了自己的公司。

招聘了良久的印尼家傭也終於到埗了。

媽媽不吃不醒，就這樣睡著。

我們每天照樣煮好麥片，飯煲裡永遠有新鮮煮好的米飯，萬一媽媽突然醒來喊肚餓，也不用慌亂張羅。

我們每天為媽媽梳理頭髮，清潔身體，定時按摩，翻轉身體，可是褥瘡、血管壞死還是因為長期臥床不動而難以避免。

我沒有宗教信仰，可是我就每天捉著媽媽的手唸經，小時候唸的聖母經，突然從口裡跑出來：萬福瑪利亞，滿被聖寵者，主與爾偕焉；女中爾為讚美……今祈天主，及我等死後，阿們。長大後跟人唸的藏傳佛教六字真言，嗡嘛呢叭咪吽，嗡嘛呢叭咪吽，嗡嘛呢叭咪吽……心裡默誦萬遍。

我和 Cristina 在 Facebook 訊息裡有一句沒一句的聊著，她是我的天使，她經歷過，她懂，她在為我祈禱。

此刻我滿天神佛。

醫院的外展護士會定期來探訪支援，評估病人的狀況，教導家人一些護理的要訣。

「你媽媽沒有吃東西，沒有力氣排大小二便，小便可以用喉管排出來，大便就沒辦法，唯有多在肚皮上輕揉，讓她舒服一點。

她的呼吸有點短促，可能需要儀器輔助，我幫你安排租賃，明天送來

好不好？」

此刻我六神無主。

看著一個人一點一點地逝去，直至流逝到最後一口氣，究竟是什麼回事？就像你手握著一條垂死的鰻魚，牠明明已經沒有在動，可是你還是捉它不住。

然後，我就崩潰了。

我後來才知道，外展護士也是上帝旅行社派來的天使，她來支援的不止是病人，其實更多是家人的心靈。

我收拾心情，到廚房拿了一片陳皮泡水，待水溫涼了之後，一點一點印在媽媽的唇上和舌頭上。

聽說陳皮可以理氣。

媽媽選擇靜悄悄地在晨光還未來得及露面的一個破曉時分離開，氧氣機用不上幾天。

警察到場、救護到場時，媽媽已經走了。幾位阿 Sir 讀了醫院預先為

我們準備的信件說，讓家人在自己家裡善終，還是他們遇到的第一椿。

終於要說再見了。

在媽媽腦內作怪、害她變得無理取鬧的腫瘤，再見了。

媽媽在偌大的草原上躞步，拿著手杖，步伐蹣跚。她回頭微笑，向三名傻呼呼的、無論如何也會死忠地黏在身邊的兒女道別，然後騎在白馬背上，遠去，遠去。

媽媽，再見了。

抵疊

走在 *Camino* 路上，朝聖者都會帶著朝聖者護照，或者叫 *Credential del Peregrino*。我們走了四年，停留的地方多，每個地方蓋一個章，一本護照不夠用，另開了多一本。

如果你真的要拷問我沿途經過所有地方的名稱，最齊全的記錄應該都在這兩本朝聖者護照。

在進入最後 100 公里，朝聖者都在議論紛紛說，由這段路開始，每天最少要集齊兩個沿途旅館、餐廳或教堂的蓋印，方可有資格在終點領取 *The Compostela*，亦即是由教會正式簽發，證明朝聖者徒步了至少 100 公里或騎車（或騎馬）走了至少 200 公里最終成功抵達 *Santiago de Compostela* 的憑證。

至於我們為什麼需要一紙證書，就各有因由。以宗教理由走 *Camino* 的朝聖者，認為走一趟到 *Santiago de Compostela* 是一種懺悔、贖罪的行為。

難道 *The Compostela* 就是他們上天堂的入場券嗎？

當初他們就以一枚扇貝殼證明自己走畢朝聖路。後來，這些扇貝殼在民間出現了買賣，違反了原意。

到了十三世紀，教會開始簽發信件證明朝聖信徒的善舉，後來就演變成今日的證書範本。

為了避免有人取巧，如果你從 *Galicia* 區開始走，你就需要每天最少集齊兩個蓋印才符合資格；對於像我們之前已經走了幾百公里路進入 *Galicia* 區的人來說，其實並不需要這種手續。

不過，反正沿途多停站、多休息也符合人物性格，我們也就不介意多蓋印。

結果，我們的確多喝了幾罐可樂、幾杯咖啡。

Monte do Gozo 是終點前最後休息的小鎮，大家都帶著既疲憊又興奮的步伐準備下山邁向終點。

一群喝著啤酒、引吭高歌的年輕人欣悅地走過。我們坐在路旁，吃著所剩無幾的無花果乾。

橫在空中的電線上掛著一對老靴子。掛靴，這樣就快要走完了嗎？

我們繼續吃著無花果乾，誰也不願意動身。

山下的 *Santiago de Compostela* 在望了，路標上的數字也倒數到差不多盡頭了。

從周邊新城走到古城也有幾公里之遙。這幾公里真是純意志的考驗。

你已經到了終點，可是你還未走到終點裡的終點，*Santiago de Compostela* 大教堂。

我很想跳上一輛的士。

事到如今，不如乖乖的走完最後一段。

我們帶著脾氣走到大教堂前，到了，真的到了。

Santiago de Compostela 大教堂，就是這條 *Camino* 的終點。

朝聖者千山萬水、不辭勞苦的走到終點 *Santiago de Compostela* 的大教堂，憑著最後的意志一手抓住入口處的一條大理石柱，終於到了！然

後雙腿發軟，身不由己的跪了下來，崩潰大哭。

人在虛脫前會特別興奮，這是本能。

想像一下，十多世紀以來，每個朝聖者的激情都透過他們的手指擠按在這條石柱上，這個集體的行為藝術，讓我體會到什麼才叫深、刻。

宗教的狂熱從指尖散發，一點一滴慢慢地挪走了大理石上的粒子；這些粒子並沒有消失，而是隨指尖再走進信徒的心坎裡，為他們帶來力量，強大的力量。

這就是能量守恆。

我沒有親手撫摸過這個深刻的集體創作，我怕排隊。但遠看，遠看已經足以被這股澎湃的力量感動。

激情容易，持續很難。

當年很多朝聖者一股作氣抵達了教堂，領受了祝福，加持了力量，最後把身上的衣物都一一燒毀。

在教堂的屋頂上，就有俯伏著羔羊雕像的大石池，羔羊雕像背上頂著

一個青銅十字架。相傳朝聖者就在這裡脫光光燒掉自己的一直穿著的破舊衣服，然後穿上被分派的乾淨新衣服，象徵過去的都過去了，新生就從這刻開始。據講，此舉是為了防止瘟疫蔓延。時至今日，大家都視之為一個儀式，只是不能在教堂範圍內做，就再走 90 公里到 *Cape Finisterre*，一個叫天涯海角的地方做。

儀式過後總叫人失落，郵政總局的現址，當年就聚居了很多不願回家的信徒。

我也遇過來回在 *Camino* 路上走了三年的人。還記得那位帶著兩頭驢子、一頭狗狗的叫 *Francesco* 的意大利年輕女生嗎？

現實生活與 *Camino*，哪個才是最考驗人的修煉場？

我們抵壘的一刻，並沒有電影出現的喜極而泣，或是跪地感恩的激動。教堂正門正在進行維修工程，我們甚至連拍照的意慾也失去了。

作為終點，它的象徵意義比實質意義大得多。

我們參加了中午十二時的一場彌撒，剛好在 *All Saints Day* 的前一天。

在特別的節日，教堂會使用 *Botafumeiro* 舉行特別儀式。那是高 1.5 米，

重 53 公斤的乳香爐，吊在 20 米半空中，由四名壯士拉動，時速可達 60 多公里，在聖壇前來回擺動。

在遠古中世紀，朝聖者攀山涉水追隨 St. James 的足跡遠道而來，身體虛弱，混身爛臭，教會就用乳香爐的擺動，在空中散發香氣，遮蓋眾多朝聖者的汗臭味，也同時希望可以趕走瘟疫，說起來有點像香港的舞火龍。

彌撒莊嚴的樂聲襯托下，乳香爐擺動每一下震動人心，我們坐在教堂左側的石級，乳香爐像要衝到我們頭上，心情就像坐香蕉船般激動。香氣縈繞在千年巨柱之間，是不是可以淨化心靈我不知道，但的確是以一個難忘壯觀的方式，標誌 Camino 的終結。

當我在嚴肅地在想這事情，手機傳來朋友的訊息。她說坐在聖壇正前方，看到 St. James 雕像的兩肩不斷有兩隻怪手伸出來。

真的！我們後來才知道，這又是另一個傳統，遊人都會撫摸 St. James 雕像的肩膀，像是會獲得祝福吧。但在彌撒進行中出現這場面，這樣的 All Saints Day 也未免太萬聖節了吧！

我們熟悉的萬聖節是 Halloween，10 月 31 日，大家扮鬼扮馬，Trick or treat 的節日氣氛。

我們入住的旅館有個小露台，對著尋常百姓家的後巷，見一戶人家在曬晾衣服，白白的床單隨風飄揚，旁邊居然有件 *Superman* 的衣服。啊，*Superman* 就住在我旁邊，可能還有吸血殭屍、科學怪人呢。

昨天是 *Halloween*，難怪。湊巧這個萬聖節的翌日也是一個萬聖節，天主教的 *All Saints Day*，紀念死去的並且已經升天堂的人。而這天之後的一天就是 *All Souls Day*，是在世的教徒為未能升天堂的亡魂祈禱的日子。

Santiago de Compostela 有著特殊的宗教意義，每天成千上萬遊人熙來攘往，也有著當地人日常要過的生活。

傍晚六時許，露台就傳來煎魚的香氣。雖然不在海邊，但總算靠近大西洋，吃海鮮是理所當然的。從香氣濃郁度猜測，這不是單純煎一片魚柳可以造成的，一定是原條煎封，連魚鰭也煎得脆脆的那種。

儀式結束後，我們就此由朝聖者變回了為食客 *1。

---

1   饞吃的人。

在廣場上與 *Fiona* 重逢有點他鄉遇故知的興奮。我們相擁了很久，然後，*Fiona* 說：「等會兒再抱，我們先去 *Pilgrims Office* 辦張證書，不然他們的節日假期不知會休到什麼時候。」

對對對，證書重要。

走到 *Pilgrims Office*，裡面有幾個櫃檯窗口，我們三人就分別落散在不同的櫃檯前排隊。

到了窗口，工作人員首先會恭喜你完成了 *Camino* 的旅程，然後她就要我出示護照（真的那本護照）、朝聖者護照（沿途收集印章的護照），然後我要在表格裡填上我的姓名、年齡、國籍、職業，最想不到的，就是要填旅程的目的。你有兩個選項：「宗教」和「觀光」。

這可勾起了我的八卦心態，究竟大家走 *Camino* 有什麼目的？

我翻閱了之前幾頁，偷看了今天前來登記完成 *Camino* 的朝聖者所填的資料（上帝請祢原諒我）。

差不多所有人都有勾上「宗教」這項，有不少人同時勾了「宗教」和「觀光」兩項。像我單勾「觀光」一項的好像沒有耶。

國籍一欄更加是聯合國一樣，歐洲的、美國的、巴西的都有，我在路上碰過的華人，香港的，中國的、台灣的、新加坡的，菲律賓的，好像都沒有在今天出現。

職員催促說，「你填好了沒有？」我方才回過神來，掏出幾個大洋，完成手續。

「你純粹來觀光？」職員向我報以一個微笑。

是啊，純粹觀光。

我有點不好意思，她該不會要跟我傳道吧？

她請我站在旁邊等候，再叫我名字的時候，就端上了我的證書。

我和老公互相比對一下我們的證書，兩款設計都不一樣的，名字都是以手工書法寫上去的。看著看著，比拿到結婚證書還要高興。

且慢。我的名字好像拼錯了，尾巴多了一個字母 m 啊。

我連忙衝向窗口前跟職員說明情況，她笑著跟我說，這是你的拉丁名字呀，我們拉丁文的拼法是多加一個字母 m。

我當場語塞了，也不多加深究，反正，這也是個充滿驚喜的句號。

在 Pilgrims Office 的統計表格上，來走 Camino 的目的，大部分人都填上「宗教」原因。而所謂「宗教」原因，也許是探索人與上帝之間的關係。

我沒有宗教信仰，在我看來，來走 Camino 的人大概在生活上、在思想上遇到困局，希望開條岔路，然後重新納入正軌。

但什麼才是正軌？

我的朋友曾經跟我說過，人的想法就像火車走在火車軌上，火車軌怎樣搭建起來，火車就怎樣跟著走。火車軌如果是一直往前，它會帶你到很遠很遠的地方，世界之大，哪裡才是盡頭？

火車軌如果是封閉式的，比方說繞一圈的，火車就只能一直繞一直繞團團轉的，不一會又回到原點。

其實這樣的結果跟以時速 200 公里撞牆沒有分別，都是死路一條，只是過程更痛苦磨人。

那就拆路軌吧。可這工程又是多麼的浩瀚，多麼的花力氣。

而這條路軌，除了自己之外，沒有旁人可以動它半寸。

上帝可以嗎？

用了最大的力氣截斷了路軌，出走到了 *Camino*，然後呢？

然後是路上你將會遇到的人、你將會看到的風光，而這一切都是個未知數，也不知會帶你到哪裡去。

只有一點，是可以肯定的。

你會走出一條路，*literally*。

插曲

在教堂的正門圓拱上的正中，耶穌像的上方，有兩個樂師的雕像，二人合抱一個巨型的弦樂器叫 *Organistrum*，據說這就是結他的雛型。兩個人一人象徵舊約，一人象徵新約，在教堂內合力彈奏代表新舊約的圓滿呈現。

途中認識的朋友，都會帶給我們很多有趣的故事。可惜雕像正在復修當中未能見其真身，卻又勾起了我們在古城尋找結他的興致。

老公在櫥窗見到的一把小結他。那個小樂器有五條弦，既不是四弦的 *Ukulele*，也不是六弦的結他，是個 *Timple*，有個小拱背增大音箱，是西班牙自治區 *Canary Islands* 的民間樂器。

老公試著為它調音，有兩個轉鈕總是不聽話。老闆和他太太都年紀老邁，和藹可親，還主動給我們打個七五折，可是我們沒有信心修好它，也就無可奈何把它放下。

之後我們去了逛市場，但原來老公心有不甘想再找另一間樂器店，在地圖上輸入 *Guitarar* 碰碰運氣。

我們跟著走。地圖引了我們走過一個古圍牆，在高處眺望古城，途中沒有遇過一個遊人。接著又帶我們走出老城，穿過大街小巷，到了地圖顯示的大頭針，純住宅區那種地方，卻絲毫沒有樂器店的蹤影。

見到一個郵差叔叔在派郵件，趨前問路，打聽之下，這裡並沒有樂器店，地圖標示的是一個教結他的老師，老師的太太是教鍵琴的。

「老師很好，去年我也有跟他學結他。」郵差叔叔說。「那你知道附近有樂器店嗎？」我們問。

「有，就在附近，走十分鐘就到，他們要結束營業，在清貨大減價，說不定可以撿到好東西。你往前走，見到藥房轉左一直沿斜路直上，再轉右……。」

我們就趕快走，怕樂器店一點半又關門。滿心歡喜，上帝旅行社居然派了一個會彈結他的郵差為我們指路，太富詩意了吧，而且以郵差熟悉街道的程度，也太權威了吧。

經過負重走 Camino 的嚴格訓練，我們現在簡直身輕如燕，健步如飛。老公走得更快，最後一個右轉抵壘，轉頭一臉興奮地跟我說：「有呀！有呀！郵差叔叔果然沒有老點 *1 呀！」

是嗎？太好了。但為什麼這裡好像有點眼熟呢？等我回過神來，老公已經大笑不止，原來兜兜轉轉，我們又回到起點，正是剛才賣 *Timple* 的那家樂器店。

哈哈，上帝真會開玩笑。上帝是否想我們幫老伯伯買了這個 *Timple* 就不得而知，我們兩人坐在小教堂前吃著餡餅，捧腹大笑了很久很久倒是真的。

1　胡吹、欺騙作弄。

Keep Walking

從我家乘電梯往下 48 層，再轉電梯往下三層，經過垃圾站，再上扶手電梯上兩層，經過賣魚賣肉同時賣衣服的室內街市，就到了山路的起點。前後最多沒用上五分鐘。

說是山路其實也是柏油路，要岔小徑倒有很多選擇，殊途可以同歸。

沒有所謂的暖身，一來就是向上走，一路向上。秋天的陽光在涼風下沒法猙獰，卻足以令人揮汗如豆。

一段時間下來，聚了一伙路友，大家沒有相約，都差不多時候現身，同道談不上，可一直同途，我稱之為默契。

路邊的黃皮樹結了果，一眾欣喜地收成，彷彿拾到天掉下來的餡餅。

過了路標 17，就到了我的小長城，我會坐下來喘口氣喝口水。我想像背後的弱勢小溝是條涼涼小澗，遠望對面山丘上涼亭，想像從那裡回望我這邊會是怎樣的風光。

風在流動，氣在流動，沒有什麼可以停滯。

既然過了山崗，只要堅持往前就是平坦康莊，只要克服沉悶，那不失為一條好路。舒舒服服走一回，也不為過吧。

天氣幻變，往山谷下走，貌似瘋狂，迎來的未知之數是福是禍尚言之過早，但糧餉充足實在又沒理由擔憂，只要放開懷抱，說不定山谷裡藏著一片開闊無垠。

我卡在兩條路之間的樹梢上。

我從 jet lag 中驚醒。從床上爬下來，光著腳板踏著的不是地板，而是纏人的泥濘。

走吧，只有打破慣性才得到自由。只有捨得被窩的溫暖，回頭才可更享受溫暖的被窩，走吧。

夠了夠了，這些我都知道。

從床邊走到大門的距離不到十呎，卻是我見過最遙遠的朝聖路。

現在式

再見 *Cristina* 是在香港，我家天台，*Camino* 路上一別之後的下一個初夏。

她與 *Jordi* 到西藏旅行後，順道來看我們。

終於，快樂地開展新生活。

嘩。*Cristina* 被眼前的景象震懾了。我家住 48 樓，遠望有一小片一小片不規則的海和獅子山，近距離重重包圍的，是密密麻麻的石屎森林，華燈初上，天空深藍澄淨，夜燈在微熱空氣中溫柔的閃爍不停，對面的高樓大廈彷彿伸手可及，就像層層疊起成千上萬個透明火柴盒，每個火柴盒裡都是一個香港故事。

我想像在巴塞羅拿 *Sagrada Família* 聖家堂居高臨下遠眺的景象，一定是另一種震撼。

「食飯喇！」

老公煮了一頓家常便飯，至於他拿手的海鮮大鑊飯，就不敢在西班牙人面前班門弄斧了。

Jordi 在報章工作時，曾駐北京兩年，所以也懂一點點中文，拿筷子當然也沒有難度。

菜心炒肉片
涼瓜炒雞蛋
XO 醬煎豆腐
哈哈哈 *1 南瓜 （鮮蝦、蝦乾、蝦米）

白米飯無限量供應，當然也少不了我家的 signature soup 番茄薯仔排骨湯。

都是簡單小菜，沒有半點花巧，但在外面肯定吃不到的自家風味。噢，唯一特別的是，我們買了產自西班牙 Rioja 區的紅酒，那片我們一起踏足過的土地。

他們第一次嚐到菜心。這是我們在市場的一間小店買的，他們的菜雖然不是有機的，但仍產自本地農田，算得上是香港味道。

在講求規模經濟的今天，我們的食物大多從中國大陸進口，香港東北

的農地都被荒廢，為建設而壯烈犧牲了。香港，是不是窮得只剩下錢？

所以，我們這麼喜歡台灣。

我們泡了台灣高山烏龍茶，聊起了西藏。外國人在西藏旅行要簽證，更要參加旅行團。你們會被分派一個導遊，帶你們去看景點、看不痛不癢的民間生活。

那邊的空氣就是不一樣。你懂的。

一年後，我們到巴塞羅拿時，*Cristina* 和 *Jordi* 已經有了自己的家。他們家也在頂樓，雖然只是 5 樓。從書房推門，就是一個偌大的平台，一個 *breathing space*。無論外面發生什麼事，回到家，總可以暢暢快快的舒一口氣，那是最重要的。

目下樓房錯落有致，零零散散的橘紅色瓦頂為遠處灰茫茫的那片小海增添了幾分暖意。

1　　廣東話的「蝦」跟「哈」是同音。

猜不到在地球另一角落，這個家的家廚也是男人。

Jordi 知道我們喜歡家常菜，一口氣在市場買了各式各樣的火腿、香腸，都是他們慣常會吃的。

「我也想你們嚐嚐簡單的 *Catalan* 風味。」*Jordi* 在開放式廚房忙得團團轉。*Cristina* 一臉幸福的切著長麵包，大廚在麵包上直接塗擦切開了的番茄。*Pan con tomate* 就完成了。

他打開了鑄鐵鍋的蓋子一下，香氣撲鼻。

黃昏的光線柔和，映照著酒意三分的臉頰。要記下每種不同風味的火腿、香腸的名字，就像中學時代念生物科要記下的物種分類，也像面對紛紜的印度香料時的手足無措。滿滿的一桌食物，對我們來說，就簡單傳譯為在地美味，好友的美意，而且永遠牢記於心。

鑄鐵鍋裡的 *Bontifarra esparracada*，是 *Catalan* 香腸、什菌煮白豆，很合口味，如果配上白飯就更不得了。

多年以後，我們嘗試以本地臘腸炮製這道菜，當然無法複製那天晚上的甜美醇厚。

但是，之後我們之間的話題從當晚 *Passeig de Gracia* 大道上的勞工示威，到香港發生的雨傘運動，間間斷斷，卻從不休止過。

六年前，我和 *Cristina* 在 *Camino* 上認識了彼此，成為了對方的天使，陪伴對方走了一段不易走的路。

當年，*Cristina* 手腕上繫著幾條手繩，她說解開一個心結就剪下一條繩子，她給自己時間，限定自己到達終點 *Santiago de Compostela* 之後，就得剪下所有繩子。

今天，我的天使已經成為了兩名白白胖胖小天使的媽媽。

過去的，終於變成過去式；未來的，在上帝旅行社行程還未從打印機上打印出來的時候，依然是不可預知的未來式。

所以我們就乖乖的享受現在進行式吧。

Camino 沒有在西班牙結束

回到香港之後，時光倒流，我們想重踏 *Fiona* 三十年前在香港 *Camino* 路上的足跡。

Fiona 在倫敦的家在裝修，三十年前的書、信已經入箱，她的記憶很多也埋沒在宇宙的虛空裡。

我們在 *Messenger* 以實時訊息聊天，旅程從她記得的地名開始，中環、九龍城，荔枝角、大澳、大潭……。

大潭。在我家後山，經過郊野公園，經過水塘，的確可以一直走到大潭，而且，好像有一條歷史文物徑。

「我記得我以前住的地方附近，有個水塘。夏天我們會在屋後的石灘捉魚游泳，冬天我們就會跑步，沒跑多遠，就繞著水塘跑。」

「屋後還在動土，像要興建什麼豪華大宅。」

我們就像偵探一樣，一起各自打開手機上的 *Google Earth*，試圖標示它的正確地點。

大潭水塘旁有個副水塘叫大潭篤水塘。當年在動工的就是紅山半島，以前張國榮就住在那裡。

我又到圖書館找了一本書，《*Crack in the Wall: Life and Death of Kowloon Walled City*》。我有多久沒有走進過公共圖書館，更不要說借書，在熟悉的城市，還是有很多不熟悉的事情。

那是個風和日麗的日子，我們卻偷懶乘了巴士，沒有從家裡後山沿山徑走。

經過了國際學校、童軍中心，我們走到了一座歷史建築物，這像是個抽水站。

遠遠看見一座老房子，我們手拿著圖書館借來的書，看著照片比對一下，心兒怦然跳動，是它了。

在場維修工人說，那好像是水務署的高級員工宿舍。

重門深鎖，我們沒法從正門前往。

繞後門走吧。我們沿著鐵絲網走，經過一個石灘，茂盛的樹叢中出現了一條樓梯。我們拾級而上，梯級上遍佈樹上落下的黑亮亮的葉子。

「我們每天都要清掃後梯的落葉，工作後渾身是汗，最好不過的就是跳進清涼的海水裡。」

是這條樓梯了。

我們繼續拾級而上，到了鐵閘前。鐵閘用密碼鎖的單車鏈鎖住，警衛並不森嚴。

「我們的廚房就在後門，天氣好的時候，大家就會把厚厚重重的砧板也搬到戶外，一邊聊天一邊切菜，好不熱鬧。

中庭是我們踢足球的地方。精力好的時候，我們會下去停車場踢。誰把球踢到海裡去，誰就要跳下去拾回來。」

眼前見到的帶有殖民地色彩的房子，三十年前是個戒毒營地，也算是 Fiona 在香港 Camino 上的其中一間 albergue。

我們拍了照傳了給 Fiona。

「噢，它居然還在。」Fiona 說。

我們沿著樓梯離去，石灘上有大石頭搭建成的檯櫈。根據我們走 Camino 的日常習慣，我們坐下來，面對著小海峽，吃著小茶點，默想著當年沒有咬噬 Fiona 的那條鯊魚。

《Crack in the Wall: Life and Death of Kowloon Walled City》的作者是 Jackie Pullinger，也就是 Fiona 在工作的福音戒毒組織的主持人。書裡寫的都是大時代裡小人物的故事，而場景，九龍城寨，如今已經是個失傳的神話，遺址早變了一個公園，就彷彿，一切並未有發生過。

城寨裡龍蛇混雜，幾個老外流連其中交朋友，講耶穌，本身就是個精彩的故事。

阿強最多三十出頭，兩手的尾指都被斬去，以示對他所屬幫會的忠誠。人在江湖，身不由己？他就不信邪，跟了這些老外到大潭的院舍接受戒毒。

先不說戒毒的方法，反正成功了，阿強重獲新生了。

一條五彩鬥魚，把牠隔離，牠優雅自在，可惜只能孤芳自賞；把牠放回同類族群裡，又只能宿命地自相殘殺。

不久，他又自願地回到大潭了。如是者，進進出出戒毒好幾次。

直至最後一次，他中風了。

年輕的他復原力本應很好，有機會完全康復的，可是他卻刻意不去做物理治療。大家覺得他自暴自棄，大家都說阿強完蛋了。

「這是上天給我最好的禮物。我要用這半邊身體警戒自己，不能再走回頭路。」

多年之後，*Fiona* 與阿強在 *Facebook* 裡再遇上。阿強成了家，踏踏實實的過日子。

幸好，江湖不需要折了鰭的鬥魚。

平衡不是一個不變的狀態。平衡是不斷的失去、尋回，然後再失去、再尋回的過程。

Fiona 在香港待了一年，不能適應，心老想著要回家。回到老家，心裡卻有諸多的反覆，有一次讀聖經時得到啟示，決心再回香港，一待，就待了十年。

「當時我的反應是，*Why? Why me?* 我討厭上帝，不過這是祂的旨意，我也走著瞧吧。

我努力地找一個平衡點，讓我可以堅持下去。我學會了一點點廣東話，我交到了朋友，我收斂了自己心直口快得罪人也不知道的性格。」

沒有一步登天。沒有。

「有時我會感覺自己已到懸崖邊緣，像奪寶奇兵的情節，你跨出去吧。只要你相信，路就會出現，你跨出去吧。

有時恐懼戰勝，有時信德戰勝，我在找一個平衡點。」

很多年很多年之後，*Fiona* 回到老家，也在找這個平衡點。

「我往後要做什麼？」人又立於懸崖邊上。

有次她在 *Google* 輸入了 *guitar making*，發現家裡附近有個小 *workshop* 教授結他手工製作。從此，她就愛上了木頭的溫度，但距離以製作結他為生的階段還遠呢。

她繼續打零工幫補生活費，過一天是一天。現實中，*Camino* 是沒有地

圖,更沒有黃箭頭指路。

路,是靠你咬緊牙關跨出去,奪回來的。

有一天,朋友說可以借她用後園的小棚屋,只要搭通電線就行了。有一天,老師說有一批老木頭要出讓。有一天,附近音樂學院的學生來找一支可以負擔得來的手工結他。有一天,萬事好像都俱備了。

我跟 *Fiona* 說,這不就是上帝旅行社的安排嗎?

呵呵,但這可不是一條直路。它是脆弱易碎的,隨時會被恐懼吞噬。

Fiona 在小酒吧裡喝著威士忌,與我們天南地北無所不談。

她提到當年用 *Speak in Tongues* 的方法為人戒毒,相當有爭議性。*Speak in Tongues* 在聖經新約裡出現過,是一個人開口說著自己也不懂的語言,可能是聖靈彰現,藉以行奇蹟。

我要她示範一下 *Speak in Tongues*,她說已經很久沒唸了,好吧,試試看,然後就像唸咒語一樣唸了一串饒舌詞。

Wow! 我目瞪口呆。

「大概是這樣吧。」她笑說。

我繼續專心地聽她的經歷，她在香港的經歷。

那個年代，香港在英國殖民地的統治下，鬱鬱不得志，可仍然要掙扎求存。城寨更是三不管之地，沒想到有一班英國人千里迢迢，默默地為這群被社會唾棄的小人物作出奉獻。

而這片歷史的回顧，居然時空交錯地讓我們在三十年後的 *Camino* 路上遇上。

這不正正是我信奉的上帝旅行社的安排嗎？

哈哈，我們碰杯，為她的上帝，也為我的上帝旅行社！

高興啊，再來一杯。

再來就是 *Cardhu* 的故事。

Fiona 在喝的正是 *Cardhu 12* 年威士忌。這瓶來自她故鄉蘇格蘭的單一麥芽威士忌價錢不貴，二十多歐羅而已，出口到西班牙和法國非常受歡迎，在 *Camino* 沿途也可以喝到，反而在英國本土不是經常喝得到。

Cardhu 的釀酒廠位於 *Mannoch Hill*，*Sprey* 河的上游，泉水透過天然的泥煤層過濾，清純潔淨，得天獨厚。但這都不是重點，重點是這威士忌是由女性釀製，而且堅持以小量製作。

我不懂得喝酒，經她這樣一說，也要嚐一口。

順滑，甘甜，跟一般煙燻口味的性格各異。

這就是女性溫柔的力量，她也剛烈，卻無聲無息的，跟男性雄赳赳向前衝的味道很不一樣。

「我總覺得，世界應該有女性的位置⋯⋯。」*Fiona* 說。

「在英國，男性仍然扮演主導角色，遠的不要說，就是我在教會的小群組也是這樣，領導的大多是男性，女性組員的聲音很多時被忽略。尤其是當有人把自己對聖經的解讀變成了規條，我最受不了。」

對啊，港女雖然以強悍堅持而馳名，但看電影界，有多少個女性導演？在英國，在過去十年，女性導演也沒有超過 15% 吧。女性眼中的世界，仍然屬於小眾趣味。

回來之後，我上網繼續找有關 *Cardhu* 的故事。*Google* 出來首幾位的資

料，無論是中文的還是英文的，都沒有提到女性釀製這回事。

在傳統威士忌的世界裡，天然豐饒的物產、專家百年的釀酒技術，背後的名牌酒廠，鑑酒師的評價等等，才是威煌的徽記。女性釀酒，根本不值一提。

但是，皇天不負有心人，終於給我找到這溫柔力量的源頭。

1811 年，兩夫婦 *John Cumming* 和 *Helen Cumming* 就在 *Mannoch Hill* 的 *Cardow Farm* 設立他們的酒廠。相傳，第一加侖 *Cardhu* 酒液，就是由 *Helen Cumming* 在這裡蒸餾出來，這是唯一由女性創先河釀製出來的單一麥芽威士忌。*Helen* 一直堅持在這小型的酒廠以小量方式釀製威士忌，只有這樣才可以嚴控品質，一直到她九十多歲。

其他的，都已成歷史。今天 *Cardhu* 酒廠已為大品牌 *Johnny Walker* 擁有。

巧合的是，這個品牌的廣告訊息是 *Keep Walking*，也和 *Camino* 之旅一脈相承。千絲萬縷，所有事情都回到原點，太奇妙了。

今年初夏，我們在香港機場免稅商店居然遇上 *Cardhu*。

這瓶酒，以及這個故事，從英國走到西班牙，從西班牙走到香港，

再從香港再走到台北，參加了出版社工作室的 *house warming* 天台 *BBQ* 派對。

來，我們來敬 *Fiona* 一杯。謝謝你。

動手拆路軌

今天，我動手拆了一截路軌。拆之前，腦海裡兜兜轉轉路軌重複著很多老想法，簡稱藉口：你又不是競賽，幹嘛要迫自己？你睡不夠，要多休息，還是不要去上課。

實情是，我害怕。

今天，我上了一課 *Mysore*。

瑜珈課中有一堂叫 *Mysore*，對我來說是高不可攀、遙不可及的。這一課會跟隨起源於南印度 *Mysore* 一間傳統瑜珈中心的教法，學生需有一定的 *Ashtaga* 瑜珈的經驗，背熟了這個傳統瑜珈派別每個式子的次序，而自行根據自己的呼吸、節奏去練習。

我上瑜珈課，都是選擇初階班的，沒有壓力，只要聽著老師的口令，就可以集中精神、或舒展、或冥想、或流一身汗，逃離繁忙一小時。

這是我的 *comfort zone*。

偶而，在課堂上我們會試做一些非經常會做的動作，比如倒立。

恐懼作祟。

於是簡稱藉口的想法又出來了：你又不是競賽，幹嘛要迫自己？你又不是十八廿二，還是不要勉強。

但凡我想踏出新的一步，無論在哪個範疇，這些聲音都會無限重播，我厭倦了，但我還是害怕。

恐懼，是不能征服的。你只能不讓它狂妄，然後與它同行。

我不是已經知道了嗎？但舊路軌仍然載我往原點。

討厭的路軌，我要拆了你！

於是，我走進了課室。

老師知道我第一次，說了句我應該先多上 *Ashtanga 1* 的課，然後很快很酷地丟下幾句指令，就讓我自行練習。

課室裡每個同學都在依著順序做動作，可是在同一秒鐘，大家都在做

著不同的動作，因為彼此都在不同的階段、不同的節奏裡。

只有我和身旁的日本太太是在同一個節奏裡。我忘記了動作，會偷望她，她也忘記了，我們唯有相視而笑，站回山式，讓老師回來指點。

我們可能只完成了 *primary series* 裡的一半動作吧。

要靠自己，由一個動作推展至下個動作，其實更需要集中精神。

最需要鍛鍊的，始終是腦袋。

然後呢？

朋友問我：「你終於走完了 Camino，那現在怎麼辦？再找哪裡走？要不要到西藏轉山？要不要走全條萬里長城？」

噢噢噢，且慢且慢。這等於在問一個剛飽餐一頓盛宴，仍在搓著肚子回味無窮的人說：小姐，你現在想吃什麼？

有人說夫妻是長途賽的隊友。既然如此，我們先說說未成隊友之前發生的折騰。

新相識，剛走在一起，大家都和顏悅色，客客氣氣，總覺得前面風光無限美好。這時候正好一步步來，最好抱著切磋切磋、觀望觀望的心態，千萬別焦急。

一起走著瞧吧，適應一下對方的節奏，逐步摸清對方的底。要不要鬆一點，還是應該緊一點，磨合是一個漫長的過程，所謂默契，其實只是從無數小磨擦中鍛鍊出來。

也要保持適當的距離，尤其是大家都以走長途為大前題，要留有空間讓雙方成長。

如果沒有耐性一點一點去熟悉對方脾性，硬要面子急著死撐，又或者以為忍得一時就可以忍下去，最終只會焦頭爛額，流血收場。

說的，其實也是鞋子和襪子的故事。

走 *Camino*，什麼裝備都可以是新的，可是鞋子和襪子還是舊相好較佳。行行重行行，哪怕是丁點的磨擦，日復日的累積起來，也會成為折磨。

你的腳板從來不說謊話，到它以最殘酷的方法向你示威抗議，你已在不歸路上。

幸好，伴我走畢全程的兩雙 *Gore-tex* 鞋子和兩雙 *Smart Wool* 襪子，都是標準的老夫老妻。

心裡的 *Camino*

很久很久之前，大概在咸豐年代吧，我和朋友 *Polly* 去了趟台灣鐵道環島旅行。

那時候還沒有網上購票，我們就拿著那本小小的火車時刻表從台北車站出發。我們被火車站的站名迷住了，每一個都這麼漂亮，隨意打開時刻表一頁唸起來都像一首詩。

我們完全沒有計畫，完全沒有事先看旅遊攻略，單憑直覺，去到哪裡是哪裡。走到售票處窗前，快車的票賣完了，那就買慢車的票，沒關係。枋寮這個名字好美好有畫面啊，那就去枋寮吧。

我們真的去了枋寮。我們想像中的枋寮，山嵐縈繞在古樸草寮之間，古琴樂韻飄揚，當然，那是我們想太多了。

那裡比較像是貨運車司機的驛站，我們覺得。

我們兩個女孩子傻傻的走在路上，被熱心的街坊關懷問道：「你們要

去哪裡？」

好問題。我們要去哪裡？其實我們自己也不知道。

走了一圈沒有什麼特別也只好在此鎮投宿一宵。剛見到一個手寫著住宿的紙牌，就往回走吧。

那是一間棉胎店，下店舖、上民居，有客房出租。

地舖像個工場，他們用著簡單的木製工具在打棉花打成一張張溫暖的棉胎。

棉絮飛揚，有點像五月的香港，英雄樹上木棉花開後結成果實，然後，種子黏在木棉隨風飄舞。

我們走過窄窄的樓梯到了二樓。板間房裡只有一張簡單的大床，床上鋪著他們的手工作品大棉胎。我還記得床單、被套不是 *Hello Kitty* 就是叮噹 *1 之類的花式，非常可愛的。

浴缸就更可愛，像是用水泥人工窩成，然後拼貼上彩色圓形的馬賽克磚。這些驚喜都不會是寫在旅遊書上的。

第二天起床，*Polly* 全身爆發皮膚敏感，腫過豬頭。哈哈，棉絮、塵蟎，雙重夾擊，令我倆不得不落荒而逃。

這次我們就明確地有了目的地，哪裡也好，那裡一定要有五星級酒店。於是我們就去了台東，大搖大擺地做了一天港女。

我們就這樣子隨遇而安。

錯過了礁溪的溫泉，我們吃到了他們的包子；到了蘇澳念念不忘想泡溫泉，脫光衣服才發現那是冷泉，泡在檜木桶裡的汽水，我倆笑得人仰馬翻。

有陽光的時候，我們在戶外寫生，街坊以為我們是美專學生，為我們送水遞傘，還邀請我們到他家裡吃脆梅。

下雨的時候我們就厚著臉皮，躲進小火車站的票務處，跟售票員叔叔一起吃米糕冰，聽他講老站的故事。車票都是老款的小硬卡，卡上壓印著美麗的站名，那個站叫集集。

1　多啦 A 夢，在我們那個年代叫叮噹。

聊了很久，售票員叔叔才問道：「你們鄉音很重，你們從哪裡來？」

我們用「唔鹹唔淡」的國語唱道：

不要問我從哪裡來，我的故鄉在遠方……。

再一次，笑得人仰馬翻。

現在想起來。原來上帝旅行社早已在咸豐年前的台灣，把種子埋在我心裡。

今天發生的事，就是要為還未發生的事情鋪路。

沒始沒終

Camino 走完了，最近才因緣際會讀到 Shirley MacLaine 的《The Camino》一書，裡面有一個詞彙用得非常精闢：sole-soul。古代的人赤腳一步一步走在路上，他們相信打從腳底可以直通靈魂深處。這也不無道理，從中醫的角度，腳下佈滿重要的穴位，到位的腳底按摩能夠暢通經絡，讓阻塞的氣血重新運行。那麼，淤積的情緒與記憶呢？

之所以，適應了身體的疲勞，征服了腳底的水泡，旅程才真正開始。

再糾結的人走在 Camino 路上，也不得不面對自己，跟自己對話。我不知道腦內的運作是怎樣的，反正時間就是最好的工程師，在一步接一步的動力下，纏繞了千年的結，可能有機會鬆開，幸運的話，鬆綁後更會重新搭線，說不定會走出一條新路。

在 Camino 路上經歷的外在刺激，興奮、疲憊、快樂、絕望、痛苦、自由、驕傲、掙扎、勇氣、堅持、貪婪、懶惰、慣性、寂寞、美色、徬徨……凡此種種，目的只有一個：要引你入局，走進內在的窺探。

不知不覺間，你的自我防衛降低了，過濾了其他雜音，你才有機會聽見自己的聲音。

而且，旅程不會終結。

天氣好的時候，昂首闊步。下雨的時候，就低著頭默默走。雨再大的話就躲進路邊的 *cafe*，裡面都是正在避雨的人。反正閒著，就天南地北聊一下。雨停了，就各自上路。天知道我們會不會再遇上，因為大家的步伐本來就不一樣。

人生路上，不也是這樣？

從 Camino 回來之後，我仍不斷遇上走過 Camino 的人。我們好像有著某種微妙的連繫，一個走過 Camino 的俄羅斯女生就這樣跟我說：

「Camino 就像一個門戶，它打開了溝通的渠道。」

我覺得，它更打開了人們的心。

那天那段時光那段對話，陪著我一路一路走下去。

某天另一個朋友跟我聊起她腦內冒起了很多念頭，像百花爭先綻放，

興奮，卻有點無措。我想起了一棵大樹。遠看，它有著超級粗壯的樹幹，需要動員幾個人伸盡雙臂才可環抱一圈；走近一點，卻發現那是從主樹幹底部長出來的五株子樹幹。這五株子樹幹，挨在一起，互有空間，卻又不失一氣呵成，胸懷壯闊。

「說不定你的大想頭也可以這樣共生喔。」我跟朋友說。

微不足道的一句鼓勵，源自我在地球某地 keep walking 時的所見所想。朋友笑說：「你的 Camino，其實已經無處不在。」

說的也是。地理上的 Camino 只是個儀式，只是個象徵。它根本就是沒始沒終。

有人問我：「Camino 帶給你什麼？」

我也在沒完沒了的問自己。

感謝上帝

爸爸以前在酒樓工作,每晚下班時會帶回來很多剩菜,都是在飲宴中吃不完又方便儲存的菜式,好像炸子雞、燒味、美點雙輝之類。

然後,他就會發揮創意,變出薯仔炆火腩、手撕雞、叉燒炒蛋、粒粒炒飯等等。我們吃厭了,又再在有限的資源中尋求新煮意。

窮則變,變則通。

我們好像永遠沒有足夠的資源去完成想做的事,但這並沒有停止我們繼續做該做的事。

誰可以等到辭職才去旅行?

誰可以等到遇上白馬王子才去戀第一次的愛?

我們一直都只能走著瞧。

沒有辦法一次走完 *Camino*，我們就分幾段走。

沒辦法放下日常雜務，閉關寫書，我就每天抽空一小時，埋首在縫裁一小格布碎。

一小格一小格的完成，最後拼揍成一幅百家布。

我們小時候就有過這樣的一個被袋，在紛亂而不可預知的世界中，這個被窩為我們帶來了一點依靠、一點慰藉、一點溫暖。

而且，非常美麗。

有關上帝旅行社，我想說的也大概如此吧。

Cathedral of
Santiga de compostela
1·11·15
All saints Day

國家圖書館出版品預行編目 (CIP) 資料

上帝旅行社 / 法拉 作.
-- 初版 . -- 新北市:依揚想亮人文, 2017.01
　　面; 　公分
ISBN 978-986-93841-3-1(平裝)
855
105024738

上帝旅行社 Camino de Santiago

作者・法拉 ｜ 發行人・劉鋆 ｜ 責任編輯・王思晴 ｜ 美術編輯・Rene Lo ｜ 法律顧問・達文西個資暨高科技法律事務所 ｜ 出版社・依揚想亮人文事業有限公司 ｜ 經銷商・聯合發行股份有限公司 ｜ 地址・新北市新店區寶橋路 235 巷 6 弄 6 號 2 樓 ｜ 電話・02-29178022 ｜ 印刷・禹利電子分色有限公司 ｜ 初版一刷・2017 年 1 月 / 平裝 ｜ 初版二刷・2021 年 8 月 ｜

ISBN・978-986-93841-3-1 ｜ 定價・380 元 ｜ 版權所有　翻印必究 ｜ Print in Taiwan